Coordinador de la colección: Daniel Goldin
Diseño: Joaquín Sierra Escalante
Dirección artística: Mauricio Gómez Morin
Comentarios y sugerencias:
correo electrónico: alaorilla@fce.com.mx

Comentarios y sugerencias: alaorilla@fce.com.m.x

A la orilla del viento...

Primera edición en inglés: 1993
Primera edición en español: 2000

Título original: *The Bully*

ISBN 0-14-036419-6

Av. Picacho Ajusco 227; México, 14200, D.F.
www.fce.com.mx

ISBN 968-16-6069-2

Impreso en México

A la memoria de
Richard Thomas Hargreaves Rosthorn

El buscapleitos

Jan Needle

ilustraciones de Luis Fernando Enríquez

traducción de Juan Elías Tovar Cross

Fondo de Cultura Económica

Capítulo 1

◆ PARA LOS niños era un juego, sólo un juego. La directora del colegio, la señora Beryl Stacey, veía peligros en todas partes: en las minas de cal abandonadas donde la roca podía desmoronarse y lanzarte a una muerte segura, en los pantanos junto al mar donde merodeaban hombres malos, en avenidas de alta velocidad que pasaban por la escuela. La señora Beryl Stacey encontraba peligros hasta en el patio de juegos, y cada ciclo escolar lanzaba numerosas advertencias. Para los niños era sólo un juego.

El juego de hoy era acechar. Desde el momento en que despertó, Simón Mason había decidido tomar la ofensiva, llevar la guerra al campo enemigo. Saldría de casa temprano —lo cual sorprendería a su madre—, detectaría sus objetivos y los mantendría vigilados. Por una vez en la vida no olvidaría su bolsa de deportes, porque necesitaba la toalla para esconder un arma. Eso impresionaría al señor Kershaw.

El cuarto de Simón era muy pequeño y estaba atiborrado de cosas. Vestía la playera de su piyama y unos calzoncillos, y para arreglarse, simplemente se puso los pantalones negros del uniforme escolar y una camisa gris sobre la playera amarilla. Su bolsa de deportes estaba en donde la había dejado la semana pasada, con todo y la toalla. No, no había sido la semana pasada, la semana pasada la había olvidado y lo habían mandado a casa. Simón levantó la toalla enrollada y la olió: fatal.

—¡Simón!

La voz de su madre era aguda y subía por la escalera desde la cocina. El televisor estaba encendido en una nota más grave y profunda. Respondió con un grito triunfal:

—¡Ya me levanté, ya me levanté! ¿Está bien?

El cuarto estaba lleno de armas que cubrían el piso. Había una ametralladora que casi parecía real a media luz, y un revólver enorme que le hubiera funcionado perfecto a Arnie Schwarzenegger, a no ser porque tenía el cañón doblado. Pero tenía ese artefacto de artes marciales que era de verdad: el llavero asesino. Simón lo levantó, negro y pulido, y sintió su peso. Sí, era genuino, sin duda. Su tío George se lo había regalado en su cumpleaños. Con él podías darle un buen piquete a alguien, pero Simón suponía que debía servir para algo más, que de algún modo debía ser un arma asesina. El tío George le había prometido averiguar cómo funcionaba.

Sin embargo, por ahora bastaría con dar un buen piquete. Sin desearlo, Simón vio un rostro frente a sus ojos, el rostro de una niña con cabello rubio. Sin desearlo, apretó los dientes y empezó a rechinarlos. Ella era el blanco.

—¡Simón! Vamos, amor, que llegarás tarde. Sé que no te has levantado; no te va a dar tiempo de desayunar.

Simón rió mientras envolvía el llavero en la toalla. Sintió el bulto mugroso, sintió los tenis que tanto detestaba. Odiaba la escuela entera, pero lo que más odiaba era la clase de deportes. Todos los niños corriendo como idiotas, tratando de ganar algo, y el señor Kershaw animándolos con el silbato. Quizá con él también ajustaría cuentas algún día, cuando supiera exactamente cómo funcionaba el llavero.

Era un pensamiento absurdo pero placentero que lo mantuvo alegre mientras recorría la primera calle larga fuera de la colonia. Era una colonia extraña, dividida entre dos escuelas; ninguno de los otros niños de su calle asistía al Colegio Saint Michael, aunque tampoco eran tantos. Los pocos que vivían cerca iban a la escuela que estaba bajando la colina, mientras que Simón debía rodearla y entrar a la "parte bonita" de la ciudad, como solía llamarla su madre. Cuando las calles sucias y descuidadas quedaban atrás, Simón caminaba entre árboles y enormes jardines; entonces se veían uniformes como el suyo, aunque en bastante mejor estado. Y casi siempre en un auto. El tipo de auto con que Simón sólo podía soñar.

Pero primero —antes de las calles arboladas— Simón tenía que bordear la mina de cal. Estaba abandonada: una tajada blanca en un costado de la colina. No había casas en la calle polvorienta que llevaba hasta la reja, sólo alteros de basura y un auto abandonado. Se detuvo y miró las rejas de hierro oxidado, los edificios destartalados y el tiradero. Detrás de todo se erguía el rostro de cal, un peñasco a punto de desmoronarse, atravesado por pequeños caminos, perforado con pozos y túneles. Simón se sintió atraído. A menudo iba allí a jugar y esconderse, apartado de los niños y los adultos, de los partidos de futbol y la escuela. Amaba ese lugar. Le daba paz y consuelo; soledad.

Y también significaba problemas. Se dijo a sí mismo que podría ubicar a su víctima desde alguno de los arrecifes superiores... pero sabía que no era cierto. Desde allá podría ver el pueblo desplegado ante él, el mar centelleante, pero no las calles cercanas, ocultas por las casas. Hoy era día de acechar, de acechar a Ana Royle y a su hermano, y a la amiga de ambos: Rebeca. Si subía a la mina de cal los perdería de vista, y si alguien lo veía, estaría en problemas. La señora Stacey era muy enérgica cuando se trataba de lugares como la mina de cal. Eran peligrosos.

El profesor de deportes —el señor Brian Kershaw— estaba observando cuando Simón llegó a las canchas, y supo de inmediato que algo andaba mal. Simón caminaba como extra en una película de espías, pegado a la pared, y en cierto momento se agachó a recoger algo del césped. El señor Kershaw, para divertirse, se llevó el silbato a los labios y soltó un pitido corto y agudo. Muchos de los niños que estaban cerca se detuvieron y lo voltearon a ver, pero Simón no lo oyó. El señor Kershaw soltó el silbato y dejó que colgara de su listón. Hora de empezar con los equipos. Ya habría tiempo para ver qué se traía Simón Mason.

Al otro lado de la amplia extensión de pasto lodoso, vio a Louise Shaw. Esa mañana todos hacían deportes y, no obstante ser la subdirectora, ella ayudaba con los niños más pequeños. Al ver que se acercaba, Brian echó hacia atrás los hombros en su conjunto deportivo azul y la saludó levantando una mano.

—Vaya silbato —dijo amistosa—. Procura no gastarlo todo antes de que empiecen los partidos.

El señor Kershaw señaló con la cabeza la saliente de la fachada.

—Uno de los chicos malos —dijo—. Se metió por allá atrás como Jack el Destripador. Yo trataba de evitar un desastre.

La señorita Shaw volteó a ver. Para entonces se habían empezado a formar varios grupos de niños. Reconoció a uno.

—No lo dirás por David Royle —dijo riendo suavemente—. A su madre no le gustaría saber que lo hemos llamado "chico malo". Además viene con la guapa Ana y con Rebeca Tanner. ¡No parecen ser la Mafia, Brian!

Los niños desaparecieron tras el edificio.

—Me refería a Simón Mason —dijo Brian Kershaw—. El pelmazo. Los está esperando allá atrás.

Una ligera expresión de censura se dibujó en el rostro de Louise Shaw.

—Brian —protestó—. No le pongas apodos.

—Lo siento —respondió—. Aunque tampoco hay nadie que nos escuche. Tú sabes que tiene problemas. Es un latoso. Creo que recogió una piedra al llegar.

—Lo crees, pero no lo sabes.

—Mira —dijo el señor Kershaw—, sé que me he expresado mal, pero aun así creo que deberíamos ir a ver. ¿Quieres que vaya yo o prefieres ir tú? Yo tengo que echar a andar tres partidos, si los tuyos todavía no están listos.

En efecto, había un grupo de niños que se acercaba a ellos, un mar de caras y rodillas rosadas. Louise asintió.

—Iré yo —dijo—. Seguramente no será nada.

Ana Royle era una niña alta para su edad. Alta, segura de sí misma y muy linda. Rebeca Tanner era su mejor amiga y su vecina. Vivían en un lugar más bien aislado de los demás, y quizá por esto eran muy unidas.

Esa mañana, cuando la madre de Ana las llevaba a la escuela en el auto, estuvieron hablado sobre el problema que tenían con Simón

Mason. La noche anterior Ana y Rebeca habían discutido el mismo problema por teléfono, hasta bastante tarde. David, que era menor, se había ido a la cama más temprano que su hermana y quería saber qué habían decidido. Como siempre, abrió la boca de más y metió la pata.

—¿Cómo dijiste, David? —preguntó su madre desde el asiento delantero—. ¿Dijiste algo sobre un pleito?

Ana lo fulminó con la mirada. Ni siquiera la parte trasera de la camioneta Volvo les daba espacio suficiente para hablar en privado.

—No es propiamente un pleito, señora Royle —interpuso Rebeca en forma educada—. Es la clase de deportes que tenemos hoy en la mañana. A veces algunos niños se portan rudos, eso es todo.

—Pero es porque se entusiasman —agregó Ana, sonriéndole a su amiga—. Ya sabes cómo es exagerado David, es un llorón.

La señora Royle echó un vistazo a sus espaldas. Tenía el rostro fuerte, como su hija, pero no tan atractivo.

—No hagas caso, David, tú no eres ningún llorón. —Hizo una pausa—. Sí me lo dirían, ¿verdad? Si de verdad pasaran cosas desagradables.

Los niños se hicieron gestos. Otra vez se preocupaba por el colegio. La madre de ella, su abuelita, jamás estuvo de acuerdo en que ellos fueran a una escuela pública. Eran los primeros de la familia en hacerlo.

—Ay, mamá —dijo Ana—. No empieces otra vez con eso. Saint Michael es un buen colegio y nos la pasamos muy bien.

—Además —dijo Rebeca—, tenemos a David, ¿no? ¡Él puede defendernos de cualquier chico rudo!

La mujer y las niñas rieron juntas, mientras David miraba por la ventanilla, impasible, los grupos de niños que se encaminaban a la reja. A veces sentía que se aliaban contra él.

—Bueno —dijo la señora Royle cuando se abrieron las puertas y los niños se apearon—, creo que tienen razón. Pero parecen tantos… Están bien seguras de que...

Pero sus hijos y Rebeca ya caminaban velozmente entre la multitud, con las mochilas y los equipos deportivos volando tras ellos.

Es cierto, se dijo, parecen bastante contentos. Metió la velocidad al Volvo y manejó con delicadeza entre el tumulto de niños.

Algunos parecen tan tremendamente rudos, pensó.

El señor Kershaw tenía razón en cuanto a la piedra. Simón había encontrado una bastante apropiada y la había recogido, por si acaso sirviera para la emboscada. Había visto el Volvo detenerse junto a la acera y se había agachado para esconderse tras la vieja saliente de la fachada, con una mezcla repentina de miedo y emoción en el estómago. Tenía la piedra, y el llavero. Aunque quizá no lo habían visto.

Pero sí lo habían visto, y la respuesta fue en extremo veloz. Simón se tropezó cuando se dirigía al lugar, tiró la mochila y todas sus cosas se regaron. Estaba hincado en una rodilla cuando de pronto apareció Ana.

—¡Está armado! —gritó jubilosa—. ¡El retrasado viene armado!

Sus fantasías de guerra y venganza yacían en el fango, regadas como su uniforme de futbol mugroso. Se levantó con torpeza mientras David llegaba para unirse a Ana. Sintió un vacío en el estómago. La cabeza rizada de Rebeca apareció después, y se apostó en la esquina, para cubrir la retaguardia.

—¡Simón, Simón, el bobo de Simón! —canturreaba David—. ¡Es un retrasado!

Simón bajó la mano en la que traía la piedra. A Ana le resultaba obvio para qué la quería.

—¡A mí no me engañas! —gritó—. ¡Ya vi la piedra! Me la ibas a tirar, ¿verdad? Eres un buscapleitos.

Rió al lanzarse para asestarle un golpe. El rostro de Simón, más bien redondo e indefenso, se torcía de pavor, pero al mismo tiempo intentaba esbozar una sonrisa. Una sonrisa suplicante, para congraciarse.

—¡Fuchi! —dijo Ana Royle, fingiendo asco—. ¡Además eres un lambiscón!

Caminó bailoteando hasta él y le dio un puñetazo en la cara, sintiendo cómo la nariz se doblaba bajo sus nudillos. Al retirar la mano vio que la cara se arrugaba. Habría lágrimas.

—¡Cuidado! —siseó Rebeca—. ¡Ahí viene la maestra! ¡La señorita Shaw!

Sonaba asustada. Se les había hecho tarde, había dejado de vigilar por estar viendo la diversión.

—¡El bobo de Simón! —canturreaba David, y Rebeca dio un chillido para interrumpirlo.

—¡Cállate! ¡Cállate! —era una mezcla entre susurro y grito.

Dos segundos después, Louise Shaw entraba decidida en escena. Pero no antes de que Ana hubiera tirado al suelo su mochila y su toalla enrollada, que había desdoblado con el pie. Se había hincado sobre una rodilla con una expresión de angustia en el rostro.

—¡Maestra —lloraba—, me pegó Simón, me pegó Simón!

Para los niños, era sólo un juego... ◆

Capítulo 2

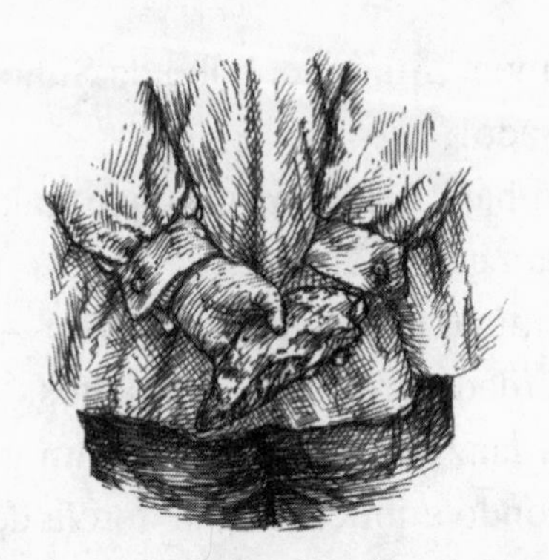

◆ POR UNA fracción de segundo, a la señorita Shaw la escena le sugirió una postal navideña. Simón estaba de pie, mirándola incómodo, su rostro redondo, confundido y triste. Ana se hallaba frente a él, con una rodilla en el suelo, volteando hacia atrás para verla, con su largo y rubio cabello cubriéndole la mejilla. David, pequeño y asustado, parecía suspendido entre el temor y la huida, mientras que Rebeca, un poco más nerviosa, sonreía angustiada y con humildad: el Santo Rey que trajo el regalo inservible, el más barato. Después la imagen cobró vida.

—¡Maestra! —dijo Rebeca—. ¡Yo vi cuando le pegó! ¡Creo que la lastimó!

De inmediato Ana pareció más lastimada. Hizo como si tratara de incorporarse y no pudiera por el dolor. Rebeca corrió a ayudarla.

David, dramático, señalaba a Simón.

—¡Trae una piedra, maestra! ¡Mire! ¡Allí! ¡La pudo haber matado, maestra!

Simón sí traía una piedra. Una laja afilada, grande como una manzana para hornear. La señorita Shaw notó que estaba parado sobre el short de su uniforme de futbol, agregando lodo fresco al seco. Se preguntó por qué su madre no lo había lavado.

—Me duele la pierna, maestra —gimió Ana—. Me pateó. Creo que me hizo daño.

La señorita Shaw avanzó, enérgica, consciente de que la situación podría volverse inmanejable si no actuaba rápido. Sorprendió a Ana al levantarla de un jalón no del todo amable.

—Tonterías, Ana. No seas exagerada. Ahora vayan a cambiarse, por favor. El señor Kershaw y la señora Hendry van a escoger equipos.

—Pero, maestra...

Louise la inspeccionó con ojos expertos. Tenía lodo en la rodilla, arriba de la calceta blanca. Nada más. David, un niño obediente y acomedido, se puso a recoger la mochila de su hermana.

—Nada de "peros". Si todavía te duele después de que te cambies, te puedo llevar a la oficina a que te acuestes un par de horas, a ver si pasa algo. Seguro que prefieres jugar volibol un rato, ¿no es así?

Muy a su pesar, Ana tuvo que ceder. Sin embargo, no sonrió. No iba a dejar que la maestra ganara tan fácil, ni tampoco el bobo de Simón Mason.

—¿Pero a él qué le va a hacer? —preguntó indignada—. ¿No lo va a castigar? No es la primera vez, maestra.

Simón no se había movido. Estaba parado torpemente, un poco gordo, mal vestido y en cierto modo indefenso. "El pelmazo", lo había llamado Brian. Louise sintió una mezcla de simpatía e irritación. Era problemático, desde luego, siempre era problemático. Pero en cierto modo también era patético.

—Por eso no te preocupes —le dijo a Ana—. Cuando sepa qué sucedió, haré lo que sea necesario. Por favor levanta tu mochila y váyanse a cambiar. En serio, dos niñas tan altas intimidadas por un solo niño, ¡no sé qué pensar!

Ana dijo fríamente:

—Espero que no esté sugiriendo que nos defendamos a golpes, señorita Shaw. No sé qué diría mi padre si se lo contara. Además, va contra el reglamento de la escuela.

Louise los miró alejarse después de este último intercambio de palabras. Cuando se volvió a mirar a Simón, notó que se había movido un poco. Había tirado la piedra para esconderla, pero cayó sobre la camiseta de su uniforme de futbol.

—Y bien, Simón, ¿qué tienes que decir a todo esto?

Dentro de su cabeza, había muchas cosas que hubiera podido decir. Pero en lugar de decirlas, en vez de mirarla a la cara y tratar de hablar, Simón tomó el camino más fácil. Bajó aún más la mirada, se encorvó, se movió un poco. Aun reconociendo que sus movimientos eran defensivos, la señorita Shaw se irritó.

—Mira, cariño, no tengo todo el día. ¿Quién empezó?

Recordó cómo había despertado esa mañana, sus sueños de venganza, de partirle la cara a Ana Royle. Él habría empezado, de haberse atrevido.

—Mira —prosiguió la señorita Shaw, en un tono más amable—, no voy a tacharte de buscapleitos sólo porque Ana lo diga, si eso es lo que crees. Pero tienes que decirme qué pasó. Debes responder a mis preguntas. ¡Vamos, Simón! ¡Dime!

La maestra escuchaba a sus espaldas, podía escuchar el barullo de los niños que se dividían en equipos. Luego oyó un silbatazo agudo e impaciente, y supo que era de Carol Hendry, quien pronto se impacientaría también con ella si no llegaba a ayudarle.

—Simón —dijo—, cuando venía hacia acá escuché unas palabras. Oí que decían "el bobo de Simón", oí "retrasado". ¿Te las decían a ti?

De pronto se dio cuenta de que este niño no estaba del todo bien. Aun parado allí frente a ella con la cabeza inclinada, parecía torpe, como si estuviera a punto de caerse. De hecho se caía con bastante frecuencia; tenía esa fama. También era lento para leer. Y para escribir, y para la aritmética. Se dio cuenta en ese momento de que nadie lo hubiera podido llamar un muchacho con suerte.

Cuando volvió a hablar, su tono se había suavizado:

—¿Es común que esto suceda? ¿Te molestan mucho?

Los interrumpió la impaciente señora Hendry. Apareció de detrás del edificio, toda brazos, piernas y prisas.

—Ay, perdón, Louise. Brian me dijo que estabas... Mira, perdón por interrumpir pero necesitamos refuerzos en el campo de batalla.

Louise se mordió el labio.

—Sí, está bien —respondió renuente—. En un segundo te alcanzo.

La señora Hendry ya se había ido. Simón la miraba al rostro, como si ya le hubiera respondido.

—¿Perdón? —dijo Louise, por si acaso—. ¿Me respondiste?

Negó con la cabeza y volvió a bajar la barbilla hasta el pecho.

—Pues pienso llegar al fondo de este asunto —dijo la maestra, apresurada—. Si te están molestando, pienso detenerlos. ¿Pero cómo voy a ayudarte si no me respondes?

De todos modos no me puede ayudar, pensó Simón. Nadie puede ayudarme. Y menos si le creen a Ana Royle. Masculló algo, un algo que pretendía tranquilizar a la maestra, ninguna palabra real.

—¿Cómo dijiste? —preguntó la señorita Shaw—. No te entiendo si hablas entre dientes.

—Que no importa, maestra —dijo—. No importa.

—Hhm —resopló Louise. ◆

Capítulo 3

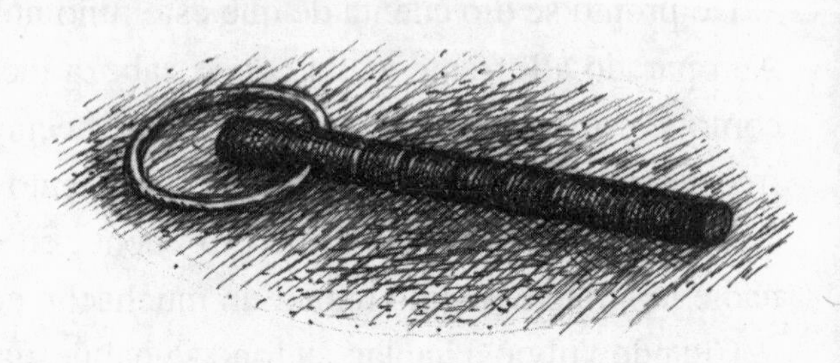

◆ Por instrucciones de su hermana y la amiga de ella, David se acercó a Simón en el vestidor, después de deportes, a preguntarle qué le había dicho la señorita Shaw. David le tenía miedo a Simón, pero allí, parado en calzoncillos, no parecía muy amenazador.

—Me dijo Ana que te dijera —advirtió David, envalentonado—, que si nos acusas te vas a meter en un super problema, ¿entiendes? ¿Qué pasó?

Simón trató de no hacerle caso. David ya se había vestido, todavía tenía el cabello húmedo y brillante por la ducha. Simón había llegado tarde a las regaderas, y el agua le había tocado fría. Se había limpiado lo grueso del lodo con la toalla.

—Oye, tú —dijo David. Él ya traía los zapatos puestos y Simón estaba casi desnudo, así que se sentía bastante seguro—. ¿Qué te dijo? ¿Zoquete?

—Nada —respondió Simón. Se metió la camisa por arriba, tratando de esconder la cara.

—No le habrás dicho que fuimos nosotros, ¿verdad? ¿No le habrás contado mentiras?

—No le dije nada —respondió el rostro que ahora salía de la camisa—. Déjame en paz.

La multitud en el vestidor iba desapareciendo. Pronto empezaría otra clase.

—Pues más te vale —concluyó David, sin convicción—. Me dijo Ana que te advirtiera. Si hay cualquier represalia, peor para ti, ¿entiendes? ¿Entiendes?

Por encima del hombro de David, Simón vio al señor Kershaw enfocarlos. Empezó a dar tirones frenéticos a su pantalón, tratando de subírselo.

—¡Ey, tú! —exclamó el profesor de deportes—. ¿Por qué no te has vestido? Tienes el pelo seco. ¿Ya te duchaste?

Una sonrisa cruzó el pulcro rostro de David al alejarse. Se hizo más amplia cuando escuchó que el señor Kershaw empezaba a gritar.

—¡Sucio! ¡Tienes el pecho sucio, las piernas sucias, la ropa sucia! ¡Dame la toalla, muchacho!

David oyó el ruido de algo metálico que caía al piso, y después un silencio. Los muchachos que aún quedaban en el vestidor se habían quedado mudos, no les fuera a tocar a ellos después. El timbre de voz del señor Kershaw había cambiado.

—¿Y esto qué es? Cayó de tu toalla. ¿Qué es, muchacho?

David se detuvo, curioso. Al volverse, vio el trasero azul brillante del señor Kershaw, sobresaliendo de debajo de una banca. Simón, junto al maestro, parecía tener frío y estar ansioso; apretaba la toalla contra su pecho.

—Es un kubutan, ¿verdad? —el profesor de deportes se había incorporado y sostenía en la mano una pequeña varilla de color negro que pendía de una argolla plateada—. Es un arma peligrosa, ¿verdad?

Todas las miradas se volvieron hacia él, y en un instante se dio cuenta de ello. Alzó la cabeza y rugió:

—¡Y ustedes! ¡Terminen de una vez y lárguense! ¡Todos! ¡Si no, todo el grupo se queda castigado media hora después de la salida!

Empezaron a escabullirse, con David a la cabeza. ¡Un arma peligrosa! ¡Simón Mason tenía un arma peligrosa! ¡Esperen a que Ana y Rebeca lo sepan!

Simón, mientras tanto, respondía a la pregunta del señor Kershaw con la honestidad de que era capaz.

—Perdón, señor, pero no lo sé —dijo.

La noticia de que Simón se había metido en más problemas fue como un bálsamo para Ana y Rebeca, aunque el aspecto del "arma mortal" no las impresionó mucho.

—Exactamente, ¿qué era? —preguntó Rebeca—. Me parece un disparate.

David no estaba seguro.

—Kershaw se lo escondió en la mano —respondió—. No quería que los demás lo supiéramos. Pero estaba furioso, va a haber problemas, de veras, problemas serios.

Los tres estaban en el patio de juegos. Era el recreo. Aunque Ana jamás lo hubiera admitido, estaban malhumorados y se escondían. No querían ser observados por ningún profesor, y mucho menos por la señorita Shaw.

—Pues bueno —dijo—. Si Kershaw le estaba dando una regañiza, no creo que nos haya acusado. Ya es algo.

—Lo llamó algo —dijo David de pronto—. Un cubo Rubik o algo así. Un cubi-no-sé-qué.

—Eres un tonto —resopló Rebeca, irónica, pero sonriente, como amistosa—. Un cubo Rubik. ¡Cómo crees!

El rostro de Ana se había ensombrecido. Pensaba en algo serio.

—Fuera lo que fuera —reflexionó—, significa que Simón Mason estaba armado, así que estamos salvados. Nos iba a atacar y tuvimos que defendernos. Fue en defensa propia.

—También traía una piedra —señaló Rebeca—. Hasta la bruja de Louise lo vio.

Lentamente, empezaron a recorrer el camino asfaltado que atravesaba el patio. El rostro de David se notaba asustado.

—De todos modos, no pueden echarnos la culpa a nosotros ¿verdad? —preguntó—. ¿No le van a creer al retrasado de Mason?

Ana se dio cuenta de que su hermano debía tener razón. Nadie iba a dudar de su palabra para creerle a un niño mugroso y malvado como él. Sintió una punzada de furia.

—Es un estorbo —se quejó—. Un maldito estorbo. Quizá deberíamos quejarnos por lo del arma mortal. De haber podido, nos hubiera hecho daño. Podría habernos lastimado bastante.

—Con su cubo Rubik explosivo —añadió Rebeca, casi burlona.

Ana sonrió irónica.

—No le busques, pequeña —dijo, imitando un acento norteamericano de la televisión—. Ni siquiera la bruja puede defender a un niño que anda armado, ¿verdad?

David, sacando sus propias conclusiones, se tranquilizó.

En realidad, lo único que hizo Louise al escuchar la historia del arma, fue molestarse.

El señor Kershaw se lo platicó —con un aire entre triunfal y misterioso— cuando caminaban juntos de vuelta a la escuela, después del recreo.

—Lo traía en la mochila —dijo—. En realidad me sorprende que un muchacho tan joven porte uno. Es cosa de artes marciales.

—¿Cómo dijiste que se llamaba? ¿Un cubitón? Exactamente, ¿para qué sirve?

—Kubutan —dijo Brian—. Con "Ka". Si se sabe manejar, puede dejar a alguien inconsciente; al menos eso me han dicho. Tiene que ver con puntos de presión o algo así. No sé de artes marciales, no puedo decirte exactamente cómo funciona.

—¿Y Simón Mason sí?

Le hizo gracia.

—No lo creo para nada. En realidad parece un llavero, aunque no traía ninguna llave.

—Así que difícilmente se puede decir que sea un arma ofensiva, ¿verdad? —Estaba exasperada—. En serio, Brian, ¿no crees que estás haciendo una tempestad en un vaso de agua? Ni siquiera se lo confiscaste.

Un leve rubor cruzó su rostro pecoso.

—Hablé con él. Le grité. Pensé que con eso bastaría.

—Estoy segura de ello —repuso Louise, seca—. Eres famoso por tus gritos.

Caminaron un rato en silencio. El problema, para el señor Kershaw, era que a menudo ella lo hacía sentirse tosco.

—¿Y cómo piensas castigarlo? —dijo, al fin—. ¿Por molestar a las niñas? Ese muchacho necesita una buena sacudida, un golpe duro y seco. Podría llegar a convertirse en un malhechor.

Caminaban el último tramo antes de llegar a la escuela. Era un lugar apacible, casi rural, con algunos niños aquí y allá, limpios y tranquilos en sus uniformes. Para nada era un criadero de malhechores, pensó Louise.

—Ay, pues no sé —suspiró—. La cuestión es que no estoy convencida de que él sea el culpable. En realidad no me lo puedo imaginar como un buscapleitos rabioso.

—Pero sí traía una piedra para aventársela. Y resultó que hasta un kubutan.

—Lo sé. Y la adorable Ana Royle dijo que la había tumbado al suelo y luego le dio una patada. El problema es que no estoy segura de que sea verdad.

Casi habían llegado a la reja de la escuela. El señor Kershaw se detuvo y la miró, intrigado. Ella también se detuvo.

—La "adorable Ana" —citó—. ¿No te cae bien?

Louise se encogió de hombros.

—Le cae bien a todos. Pero eso no significa que deba creer en todo lo que dice, ¿o sí? Tengo mis dudas, eso es todo.

—Sin tener la menor prueba, aunque por otro lado...

Louise se rió de él. Entró por la reja y echó a andar de prisa por el patio.

—Aunque Simón sea un buscapleitos —dijo—, voy a darle el beneficio de la duda. Si lo que pasó en la mañana fue culpa suya o no, lo importante es que nadie salió lastimado. Quiero ver si responde a un buen gesto. Tengo una sorpresa.

—¿O sea?

—Espera y lo verás —concluyó. ◆

Capítulo 4

◆ La verdadera sorpresa, sin embargo, resultó ser la reacción de los niños a su plan. La sonrisa de disculpa con la que interrumpió la clase de la señora Earnshaw se desvaneció en segundos.

—Siento interrumpir —dijo, aunque la clase había prácticamente terminado—, pero quiero nombrar al próximo encargado de las mascotas.

Los niños se emocionaron bastante y empezaron a hacer ruido, ya que era un puesto que todos anhelaban. Era un premio, un privilegio, otorgado de vez en cuando a aquellos que se habían portado muy bien, o que acababan de salir del hospital, o que eran nuevos en la escuela y no tenían amigos. Hacía varias semanas que no había un encargado.

—Ahora cálmense —prosiguió—. No he venido para escoger a nadie, eso ya lo he hecho, sólo he venido a decirles. Simón, por favor levántate, quiero que tú...

Pero los gritos la rebasaron y su voz se perdió por completo. Cuando Simón se puso de pie, los demás también se pararon, gritando furiosos.

—¡¿Simón Mason?! ¡¿Cómo él?! ¡Maestra, maestra! ¡Debe estar bromeando! ¡Pero si es un idiota, maestra!

Ésas fueron las frases que pudo entender. Más bien era puro ruido, un flujo violento de ira proveniente de treinta y tantas gargantas. La señorita Shaw se horrorizó.

La señora Earnshaw, una mujer mayor, más estricta, golpeaba su escritorio con un libro. Estaba roja de ira.

—¡Deténganse! ¡Basta ya! ¡Tú! ¡Richard Harvey! ¡Tania! ¡Siéntense de inmediato!

El ruido cesó y todo el grupo —incluyendo a Simón— se sentó. Louise dio un paso al frente, con firmeza. Carraspeó.

—Bien —dijo—. Me pregunto qué sucede. ¿Alguien me quiere decir? ¿Hay alguien que quiera decirme frente a frente por qué no está de acuerdo con lo que dije?

Los niños se avergonzaron. A todos les agradaba la señorita Shaw, y se sintieron avergonzados. Simón estaba encorvado, mirando la superficie de la mesa que compartía con otros tres niños. Parecía tan desdichado que por un momento Louise tuvo miedo. Quizás era cruel señalarlo. Quizá se sentiría mejor si lo dejaba seguir siendo invisible en medio de la multitud.

Pero ya había empezado. Más le valía concluir, y lo sabía.

—Tengo que decirles —añadió— que su arrebato me pareció intolerable. Ni siquiera se detuvieron para dejarme terminar, ni siquiera saben qué les iba a decir.

Richard Harvey, en la primera fila, levantó la mano de inmediato y abrió la boca, ansioso por decírselo. La señora Earnshaw golpeó de nuevo con el libro y sus labios se cerraron lentamente. Pero una voz socarrona dijo al fondo del salón:

—Nombrar encargado a ese mentecato, a ese retrasado…

La señora Earnshaw se puso rígida, pero era demasiado tarde. Un estallido de risas recorrió el salón. Las maestras esperaron a que pasara con una expresión severa. No podían hacer nada más.

Cuando terminó, Louise dijo tajante:

—Simón, no quiero hablar contigo enfrente de estos niños tontos. Ven conmigo.

Simón obedeció, reacio, ruborizado y avergonzado. La señorita Shaw también se había puesto roja; estaba arrepentida, debió haberlo pensado mejor.

Pero cuando vio cómo lo miraban los niños, con ojos endurecidos por la aversión, se convenció de una cosa: si Simón era un buscapleitos, si de verdad atacaba a los demás, era evidente que tenía una razón para hacerlo. Recibiría más afecto del gerbo y los conejos que de sus "amigos" de la clase, pensó. Probablemente hasta de los peces del estanque.

Al salir, observó que David Royle se cuidaba de no mirarla a los ojos.

El Colegio Saint Michael era una escuela pequeña, y antes de que pasara la tarde, las noticias —y la reacción— habían corrido como reguero de pólvora. No sólo el grupo de Simón estaba molesto y escandalizado, sino todos los niños. En el patio, Louise escuchó murmullos, y le gritaron algunas palabras desde las esquinas o a través de puertas cerradas: Simón Mason era un papanatas, un tonto, un vándalo.

En cierto momento se encaminó hacia un grupo donde había una niña más bien alta y rubia; Louise sabía que la observaban. El grupo se dispersó, y la niña rubia resultó ser Ana Royle con su amiga Rebeca y algunas compañeras. La miraban fijamente, con ojos severos y una expresión casi adusta, hasta que ella les devolvió la mirada.

—¿Sí, Ana?

Ana pareció sorprendida.

—Nada, señorita. Sólo estamos platicando, nada más. Estamos esperando a mi hermano.

De hecho, David le dio la noticia a Ana, y ella se puso furiosa. Para ella fue como un insulto, como una bofetada.

—Así que le cree —siseó—. ¡Cree que él es inocente y nosotros somos culpables! ¡Escuchó la evidencia y dio su veredicto! ¡Pues ya veremos!

—No sé —respondió David—. A lo mejor sólo quiere ser amable con él.

—¡Estúpido! Cree que somos unos mentirosos. Le cree a ese tramposo, a ese buscapleitos, y cree que nosotros somos los mentirosos.

—Pero es un pobre niño tonto —dijo Rebeca, incómoda—. Es un papanatas.

—Ya verá —añadió Ana—. No nos corresponde decírselo, ¿verdad? Ya lo corroborará la señorita Shaw.

Incluso en el salón de maestros —para indignación de la señorita Shaw— flotaba el sentimiento inconfundible de que había cometido un error, aunque nadie se lo dijo abiertamente. Eso no la hizo dudar del acierto de su decisión, y en la primera oportunidad buscó a Simón para repasar en detalle las reglas y dificultades de la tarea. Después de su temor inicial, estaba contento y halagado de que lo hubiera escogido. Dijo que amaba a los animales, pero que en su casa no le permitían tener mascotas.

—Eso es algo que quería preguntarte —dijo Louise—. Normalmente no hace falta pedir el permiso de los padres para este trabajo, pero sí te das cuenta de que vas a llegar a casa un poco más tarde, ¿verdad? Arreglar a las mascotas sólo te tomará diez minutos cada tarde. ¿Pero si te están esperando tus papás?

Algo atravesó su rostro, una sombra, y lamentó no haberlo verificado. La mayoría de los niños de la escuela vivían con ambos padres, pero uno nunca sabe. Simón no dijo nada.

—Está bien, señorita —respondió—. Casi siempre me voy a jugar un rato antes de irme a casa a tomar el té. Mi... No habrá ningún problema si salgo un poco más tarde.

—Bueno. Te quería pedir que empezaras hoy mismo, ¿está bien? Al toro por los cuernos, como dicen. ¿Alguna vez has cuidado animales?

Jamás lo había hecho, así que ella le dio un breve repaso de sus deberes. Lo llevó al cuarto de las mascotas, que se encontraba en el centro de materiales, a poca distancia del edificio principal, y le mostró las bolsas de comida, la alacena donde se guardaban los tazones para el agua, el fregadero para lavar los platos, el costal de viruta para cuando limpiara las jaulas, y los botes de cartón con la comida para peces. Simón se detuvo y pasó una eternidad contemplando al gerbo en su enorme jaula de plástico transparente.

—¿Te gusta? Es adorable, ¿verdad?

Lentamente volvió los ojos hacia ella, como si no quisiera apartarlos del gerbo, y los tenía llenos de luz.

—Sí —respondió por fin—. Es muy listo.

De nuevo, Louise adoptó un tono práctico.

—Ahora, ¿ves esta tapa de plástico? —preguntó—. Esto es lo

más importante. La quitas para darle de comer y para limpiar la jaula, claro, pero tienes que volver a ponerla; es vital. ¿Me entiendes?

—Sí —dijo—. Por favor, señorita, ¿puedo tocarlo?

La señorita Shaw se rió un poco. Su mente estaba enfocada en el gerbo y no en ella.

—Simón, concéntrate. Claro que puedes tocarlo; cuando eres el encargado, puedes jugar con todos los animales, ¿pero me estás escuchando? ¿Qué tienes que hacer cuando hayas terminado con el gerbo?

—Poner la tapa, señorita —contestó Simón de inmediato—. ¿Cómo se llama, señorita? ¿Puedo ponerle un nombre?

—Bueno, pues oficialmente no tiene nombre. La señora Stacey cree que es importante que los animales estén aquí para estudiarlos y no para antropomorfizarlos. ¿Sabes qué quiere decir eso, Simón? No, ¡claro que no!

Se volvió a reír, más fuerte que antes. En su opinión, la señora Stacey tenía ideas bastante extrañas, pero era su privilegio como directora. Simón volteó a verla cuando se rió, pero no entendió por qué.

—¿Pero puedo ponerle uno? —repitió—. Quiero ponerle Diggory, ¿está bien?

—Por mí —respondió Louise—, está muy bien. Creo que Diggory es un nombre estupendo, encantador. Mira, más vale que regresemos, ya has perdido la mitad de la clase de la tarde y me van a matar. Puedes volver al rato para que se hagan amigos como debe ser. Pero, por favor, no olvides poner la tapa. Nunca lo olvides.

—No, señorita —tenía la cara contra el plástico, y su respiración lo empañaba—. ¿Por qué, señorita? ¿Se escaparía? No querrá escaparse mientras yo lo cuide.

Su rostro había cambiado. Tenía un resplandor, una especie de brillo que ella jamás había visto.

—No creo que quisiera escapar —respondió—. Pero no es por él, sino por Butch. Es un gato muy lindo, pero sigue siendo un gato. Es un oportunista.

Simón no conocía el significado de esa palabra, pero se quedó atónito.

—¡No podría ser tan malvado! —dijo, sin aliento—. Diggory es tan... es tan pequeño.

—Sí. Para Butch es un bocadillo. Así que no dejes su jaula destapada, ¿de acuerdo?

—¡Lo mato! —dijo Simón. Parecía muy alterado—. ¡Es horrible! ¡Si hace eso, lo mato!

—¡Simón! —exclamó la señorita Shaw en forma brusca. Él la miró a los ojos. Después de un momento se le aclaró la mirada y parecía a punto de llorar.

—Simón —repitió, en un tono más suave—. Los gatos son gatos y los gerbos son gerbos. No piensan, no son seres humanos, viven por instinto. Si Butch se comiera a Diggory, no sería culpa de Butch, ¿entiendes? Sería culpa tuya por haber dejado la jaula destapada. No sería culpa de Butch ni de nadie más, sino tuya. ¿Está claro?

Simón la miró con rebeldía unos segundos. Después asintió.

—Nunca dejaré la jaula destapada, señorita —afirmó—. Se lo aseguro. ◆

Capítulo 5

◆ CUANDO Brian escuchó sobre la "reacción vil" de los niños al plan de Louise, no se sorprendió en absoluto.

—Me quedé helada —dijo por enésima vez—. En serio, Brian, fue horrible. Ladraban como una jauría de perros. En todos mis años como maestra nunca había visto nada igual.

Estaban casi solos en un salón del bar cercano a la escuela, a donde iban los maestros. Muy a su pesar, Louise esperó hasta que Simón saliera del centro de materiales y se fuera a casa. El señor Taylor, el vigilante, hubiera revisado de cualquier modo pero ella quería cerciorarse. Simón había pasado casi media hora con los animales, y ella se empezaba a preocupar.

Al verlo irse, sin embargo, toda preocupación se disipó. Aún se veía feliz, como si flotara en el aire. Miró en torno con cuidado, como si temiera una emboscada, y cerró la puerta del centro al salir. Louise se había ocultado en la penumbra de la cocina, para que no la viera. No quería que fuera a pensar que lo espiaba, aunque eso era lo que hacía.

—Bueno —dijo Brian, cauteloso—, tú sabes que los niños pueden ser muy crueles. En cierto modo son como animales, ¿no crees?, si sabes a lo que me refiero.

Ella lo miró bastante seria. A veces, Louise era muy susceptible.

—No estoy muy segura.

—Bueno —agregó Brian—. Déjame explicarte con una historia. Una vez mi tía tenía un ganso que nació deforme. Tenía las alas al revés; se caía cuando trataba de volar. Ella lo quería mucho, lo tenía separado de los otros gansos y le daba las mejores sobras. Pero en cuanto lo metió con los demás, lo atacaron sin piedad. Al final, tuvo que matarlo antes de que lo mataran ellos. Su método fue mucho más rápido que una muerte a picotazos.

El rostro ovalado permaneció serio.

—Espero que no estés sugiriendo que le torzamos el pescuezo al pobre de Simón —dijo—. En serio, Brian, a veces eres de lo más dramático. Son niños, no una parvada de gansos.

—Claro —replicó Brian—. ¡Aunque hay algunos que se comportan igual! Lo único que digo es que son realistas, eso es todo. No se hacen los disimulados, no fingen como los adultos, responden de una manera totalmente honesta. Si perciben al joven Simón como un... como un...

—¿Ganso deforme? Ay, Brian, por favor.

Entonces Louise suspiró y le dio un trago a su copa.

—Sí, entiendo lo que quieres decir —dijo—, y ése es el problema. Lo llaman "el bobo de Simón", le dicen cosas peores. Supongo que así es como lo ven. Además siempre se está tropezando. Es el niño más torpe que he visto. Pero no es culpa suya.

—No, no es su culpa —respondió Brian—. Pero tampoco es culpa de los otros si reaccionan ante lo que ven. Tú misma sabes lo difícil que es responderle a un niño que no es atractivo. Es una de las cosas más difíciles de ser maestro. Si hay un niño que siempre tiene la nariz sucia, o que es apestoso, o simplemente feo... es difícil que te caiga bien. Está comprobado, no es una idea mía; es injusto pero cierto. Si a los adultos les resulta difícil sobreponerse a esto, para los niños debe ser casi imposible.

Ella no discutió; revolvió los hielos en el fondo de su vaso y hubo un rato de silencio.

—En fin —concluyó Louise—. Si es un buscapleitos, me doy de topes. Jamás había visto a ningún niño responder como él cuando lo llevé con los animales. Fue muy conmovedor. ¿Qué quieres beber? ¿Otro tarro de oscura, o medio?

Él decidió tomar medio y se quedó pensando en su próxima frase mientras ella se dirigía a la barra. Lo cierto —se dijo— es que buscapleitos o víctima, Simón Mason es un caso perdido: es un blanco natural para las bromas y ataques de los niños. Si él los atacaba, como había dicho antes, seguramente era porque ellos lo atormentaban pero, ¿eso qué? Así se podía explicar, mas no excusar. Y estaba dispuesto a apostarle a Louise que si confiaba en él, lo echaría todo a perder tarde o temprano... y en grande.

Cuando Louise volvió, los dos empezaron a hablar al mismo tiempo. Él le cedió la palabra.

—Sólo iba a decir —dijo Louise— que si Simón no es el buscapleitos...

—…entonces es Ana Royle —completó Brian la frase—. Ése es el acertijo, ¿verdad? Y el problema.

Louise alzó su vaso en un brindis burlón.

—Precisamente —dijo.

Después de atender a los animales, Simón corrió a casa, lleno de felicidad, a contarle a su madre. Esa tarde ni siquiera lo atrajo la calle que llevaba a la mina. Se sentía diferente, entusiasmado. Estaba seguro de que si hacía bien su trabajo, la señorita Shaw lo dejaría conservarlo, quizás de modo permanente.

Por desgracia, su madre no estaba tan contenta. En el trabajo había tenido un día difícil, y en el supermercado, de camino a casa, había tirado media docena de huevos. Lo primero que notó en su hijo fue el lodo en la camisa blanca; lo segundo, que no traía la mochila de deportes.

—¡Simón! Estás sucio. ¿Dónde está tu uniforme? De seguro habrá que lavarlo.

La emocionante historia de su amigo el gerbo se desvaneció en los labios de Simón. Miró sus manos de manera casi cómica, como si en ellas se encontrara el secreto del uniforme y la toalla desaparecidos. La mente se le puso en blanco. ¿Uniforme? ¿Cuál uniforme?

—Debe de estar... ¡Mamá! —exclamó de pronto, olvidando también eso—. ¡Mamá, me nombraron encargado de las mascotas! ¡Me dejaron darles de comer a los animales! ¡Tengo un gerbo!

Pero Linda Mason no podía reaccionar. Se le acercó, amenazante, con el rostro nublado por la ira.

—¿Dónde está? —exigió—. ¡Hace semanas que no se lava esa ropa! ¡Ay, Simón!

Él hizo por alejarse, y ella de inmediato lo quiso golpear. Simón saltó tras la mesa de la cocina.

—¡Detente! —le gritó—. ¡No importa! ¡Detente!

La señora Mason estaba furiosa. Esto era lo que Simón nunca podía entender. Era como si pensara que hacía estas cosas para molestarla, como si le gustara ser olvidadizo. Quería acercarse y pedirle que se calmara, pero tenía miedo. Aunque no tenía fuerza para lastimarlo, le pegaba duro y a él no le gustaba. A veces él también se enojaba y se jaloneaban y revolcaban como dos gatos. Detestaba eso.

—¡Voy afuera! —le dijo—. ¡Voy afuera hasta que te calmes! ¡Es una estupidez, una tontería...!

Ella se le abalanzó, pero Simón corrió por el pasillo hasta salir a la calle. La señora Mason no lo siguió y, un minuto después, Simón se asomó por la ventana de la cocina. Su madre estaba de pie junto a la estufa, con una mano apoyada en la repisa; se veía pálida y cansada. Supo que en un minuto más podría volver adentro, a salvo, a tomar el té.

Se preguntaba qué la habría hecho enojarse tanto. Pensó en Diggory, en lo suave que era, lo lindo. De seguro que Butch no lastimaría algo tan indefenso. No podía ser tan malvado.

Ana y David Royle y Rebeca caminaban a casa como de costumbre, ventilando su molestia por los acontecimientos del día, hasta llegar a la puerta trasera de casa de los Royle. Pero para su sorpresa, la madre de Rebeca estaba en la cocina, tomando café con su amiga.

—Hola, mamá —saludó Rebeca, impertinente—. ¡Quién me va a hacer mi té!

Las mujeres sonrieron y les ofrecieron bebidas, pero en poco tiempo dejaron muy en claro que era una de sus "pláticas serias". Al parecer, la bocota de David había hecho más daño del esperado.

—¿Cómo les fue con los buscapleitos? —preguntó la señora Royle, alegre—. Le conté a Abril lo que dijeron esta mañana en el auto.

—¡Ay, mamá! —rezongó Ana—. ¿Qué, tenemos cara de apaleados?

—Bueno, pues no es que traigan los ojos morados —admitió su madre—. Pero tenemos derecho de preocuparnos.

La madre de Rebeca asentía.

—Algunos muchachos pueden ser muy rudos —explicó—. Sobre todo los niños. Quizá crean que es cosa de risa, pero si hay niños que molestan a los demás, es algo muy serio. Es muy común en estos días, es casi una epidemia.

Rebeca no se inmutó.

—Yo creo que es culpa de la televisión —dijo—. ¡Si me dejaras ver las telenovelas, estoy segura de que sería una mejor persona! En serio, mamá, nos tratan como si fuéramos bebés. Nosotros podemos hacernos cargo.

—Ah, ¿pero de qué se pueden hacer cargo? —preguntó la señora Royle. Dejó su taza sobre la mesa cuidadosamente, como si hubiera hecho una observación brillante. Era un hábito que tenían en su casa, pensó Ana. Probablemente se debiera a que su padre era abogado.

De pronto tuvo una idea. Quizá se habían equivocado al tratar de negarlo todo. Quizás había una mejor táctica. Soltó un leve suspiro, como si su madre la hubiera descubierto astutamente.

—Ay —dijo—, pues quizá valga más admitirlo. Hay un niño…

Rebeca y David se sobresaltaron más que los adultos.

—¿Es broma? —sugirió Rebeca, insegura. Pero Ana no aprovechó esta oportunidad para cambiar de idea.

—No, Rebeca, en serio. Sí hay un pequeño problema. No tiene caso negarlo.

Las madres se sintieron aliviadas y ansiosas al mismo tiempo. Se inclinaron un poco hacia adelante, en sus asientos, para escuchar los detalles horripilantes.

—Continúa —pidió entonces la señora Royle—. ¿Quién es ese niño? ¿Cuál es el "pequeño problema"?

—Sabíamos que algo estaba pasando —agregó la señora Tanner—. ¡Cielos!, sacarles una palabra es como tratar de sacar agua de las piedras.

Rebeca y David intercambiaban miradas. Ninguno de ellos sabía lo que estaba pasando, pero David recibió una advertencia silenciosa de no abrir la boca.

—Son sólo historias —dijo Ana—. Digo, en realidad no es nada grave. Es sólo que anda diciendo cosas sobre nosotros. Que lo hemos estado... molestando, ya sabes.

Se preocupó al ver que tanto su madre como la de Rebeca empezaban a enojarse.

—¡Pero qué descaro! —replicó la señora Tanner. Se había puesto de un tono rosa subido.

—¿Quién es ese niño? —exigió la señora Royle—. ¿Anda diciendo mentiras sobre ustedes? Eso está muy mal, tendremos que hablar con la señora Stacey. ¿Cómo se llama?

—¡No! —chilló Rebeca.

—Todavía no —corrigió Ana suavemente—. Ay, mamá, vas a hacer que me arrepienta de haberte contado.

—¿David? —dijo su madre—. Me vas a aclarar todo esto ahora. ¿Quién es ese niño?

David volvió sus ojos ansiosos primero a su hermana y después a la amiga. Negó con la cabeza.

—Mamá —protestó Ana—, creo que eso no es correcto: David no tiene edad para entender. Tampoco es justo para el niño, porque no tenemos ninguna prueba.

Hubo una pequeña pausa en la que todos reconsideraron sus palabras. La señora Tanner miró a Ana con una nueva expresión de respeto.

—Ay, querida —concedió—. Dicho de ese modo, debo admitir que tienes razón.

—Eres igualita a tu padre —suspiró la señora Royle—. Demasiado justa para tu propio bien. Y tú, Rebeca… Tuvimos suerte con nuestros hijos, Abril, mucha suerte.

¿Y yo qué?, pensó David. Yo también soy justo, ¿no? Digo, si estas dos lo son...

Más tarde, Ana explicó por qué lo había hecho. Rebeca lo comprendió de inmediato, pero a David le costó bastante más trabajo.

—Es un seguro —le aclaró Ana—. Por si acaso la bruja le cree a ese pequeño monstruo. O por si llega a pasar cualquier cosa y él trata de acusarnos.

David se pasó la mano por el cabello.

—Pero si nos acusa, ¿de qué sirve habérselo contado a mamá?

Ana perdió la paciencia.

—¡Qué torpe eres! Tú explícale, Rebeca, no quiero perder más tiempo con este niño tonto.

Estaban en el cuarto de ella, se paró de golpe y fue a asomarse por la ventana. El sol descendía por los cerros y podía ver la parte superior de los peñascos de cal, resplandecientes, blancos. Rebeca se sentó en la cama.

—Mira —explicó—. Si Simón nos acusa y nuestras mamás ya

sabían que nos iba a acusar, ¿qué van a hacer cuando sepan que nos acusó?

David pensó varios segundos.

—No lo sé —respondió.

—Van a decir que está inventando. Van a decir que ya les habíamos advertido que nos iba a acusar sin razón. Van a decir que está mintiendo.

—Pero no está mintiendo, ¿verdad? No inventó nada.

—¡Pero si todavía no pasa nada! ¡Además sí ha estado mintiendo! ¡Pregúntale a nuestras mamás!

David pensó que el cerebro le iba a hervir.

Rebeca agregó, piadosa:

—¿Quién va a creerle a ese niño tan mentiroso? Nadie que esté en sus cabales.

—Y ahora tenemos que castigarlo —interpuso Ana—. Alguien tiene que hacerlo.

—¿Por qué?—preguntó David—. ¿Qué hizo?

—¡Por mentiroso! —exclamó Rebeca—. ¡Es lógico, David! Eso le servirá mucho.

Ana se apartó de la ventana, sonriente, y caminó hasta David. Lo encaró y lo miró directo a los ojos.

—¿No entiendes que ese niño es una amenaza? Hay que darle una lección, y pronto.

El rostro de Rebeca resplandecía.

—Y nosotros se la vamos a dar —dijo—. ¿Verdad?

¡Ay, Dios!, pensó David. Pobre del bobo de Simón. ◆

Capítulo 6

◆ AUN ANTES de que la desgracia cayera sobre Simón, la directora del Colegio Saint Michael había recibido un indicio de que algo ocurría. La señora Stacey era una mujer bajita y robusta, de ideas firmes, que se enorgullecía al afirmar que dentro de la cerca de alambre casi no había cosa que ella no supiera. Para algunos maestros —entre ellos Louise Shaw, la subdirectora— esta actitud era más bien desgastante.

A la mañana siguiente, Louise estaba en una esquina del patio, platicando con el señor Kershaw, cuando vieron a la directora salir por la puerta y mirar en torno, como si buscara a alguien. El recreo estaba por terminar.

—Va a haber problemas —le comentó a Brian—. Te apuesto dos a uno a que alguien le fue con un chisme sobre Simón y los animales. Tendrá alguna objeción ridícula, oye bien lo que te digo.

Al señor Kershaw le pareció divertida su actitud, pero considerando que la señora Stacey era quien la había ascendido tan rápido, pensó que rayaba en la ingratitud. No obstante, él había constatado que en ocasiones la tendencia de la directora a interferir en todo no era nada divertida.

—Ya sabes cómo es —dijo—. No le gusta que las clases obreras se le salgan del redil. De seguro ha de pensar que a los niños como Simón Mason les dan gerbos de desayunar.

Había algo de verdad en esto. La señora Stacey quería mucho a todos los niños de su escuela, pero era evidente que quería a unos más que a otros. No había muchos niños de clase obrera o de familias muy pobres, pero los pocos que había no disfrutaban de ninguna concesión. La norma enfatizaba lo "bien", lo "respetable", y la señora Stacey pregonaba lo que definía en las asambleas como un "buen comportamiento y mejores modales: ¡actitud!"

Los había visto, y su búsqueda se tornó en sonrisa. Se abrió paso entre los grupos de niños como una lancha de motor atravesando un mar picado. Sin hacerlo muy evidente, Brian se separó de Louise y se encaminó hacia los vestidores. Un niño lo llamó y fue a hablar con él. Louise preparó una bienvenida en su rostro.

—¡Louise, te he estado buscando!

—Bueno, pues aquí estoy. ¿Era por algo en especial?

La señora Stacey no tenía la menor conciencia de sus prejuicios contra cierto tipo de gente, y por tanto a Louise le costaba trabajo tomárselo a mal. Sin embargo se sentía cada vez más molesta.

—Pues sí y no. En realidad no sé si hago bien en decírtelo. Es más bien una cuestión de juicio.

Miró a Louise con ojos interrogantes, como si hubiera expuesto claramente el asunto que quería tratar. Aunque ya lo había adivinado, Louise se hizo la desentendida.

—¿Perdón? ¿Exactamente de qué...?

Los niños seguían con sus juegos, corrían y se abalanzaban. Sin duda eran niños bien portados. Notó que Simón Mason estaba en un rincón, bastante solo.

—El pequeño Simón —dijo la señora Stacey con voz acaramelada—. Perdón, pensé que te habías dado cuenta. Algunos maestros... Bueno, claro está, no es que ponga en duda tu decisión, pero...

—¿Simón? Ah, ¿se refiere a los animales? No entiendo, señora Stacey. ¿Tiene algo de malo?

—¿Algo de malo? No, desde luego que no tiene nada de malo. Es sólo que pensé... Bueno, varios maestros... Bueno, es que es muy torpe, ¿verdad? Y... pues sería muy lamentable si algo llegara a pasar. Lo digo por él, claro, no por los vejestorios que damos clases. No queremos que le pase nada al pobre de Simón, ¿verdad?

Louise dijo con firmeza:

—Pues no creo que debamos preocuparnos por eso, señora Stacey. En mi opinión, no es tan tonto como dicen. Y desde luego que yo vigilaré que todo marche bien. Además el señor Taylor pasa todas las tardes a cerrar con llave. Hablaré con él.

La actitud de la señora Stacey se endureció un poco.

—Corrígeme si me equivoco, pero ¿acaso no reservamos ese trabajo para...? No, lo que quiero decir es... Bueno, es un privilegio, ¿no es así? ¿Una recompensa por buen comportamiento?

Las mujeres se miraban frente a frente. Louise sentía que empezaba a enojarse, pero la señora Stacey se controlaba. Apretó los labios y nada más. Pequeñas líneas le cruzaban la piel un tanto floja de la barbilla.

—También escuché rumores de que es un buscapleitos —agregó—. Y si eso es cierto, Louise, sería en verdad muy extraño recompensar su comportamiento nombrándolo encargado de las mascotas.

Adentro de la escuela sonó un timbre, y Louise miró su reloj. Fue un alivio ver que el recreo había terminado. Sacó su silbato del bolsillo de la falda y dio un pitido. Esa breve pausa le permitió ordenar sus ideas.

—En verdad lo sería —respondió—. Pero, honestamente, no tengo ninguna prueba de que Simón Mason haya tratado de lastimar a nadie; ni la más mínima. No sé quién se lo haya dicho, pero dígales a sus informantes que sean un poco más cuidadosos con sus acusaciones, señora Stacey.

La mejor defensa, el ataque: el viejo principio. La señora Stacey, sorprendida con la guardia baja, se ruborizó levemente.

—Louise —su voz era helada—. En el Saint Michael tenemos una tradición de inteligencia, buena educación, diligencia... y sobre todo, de respeto por los demás. Tengo entendido que en otras escuelas los buscapleitos están de moda, son la locura. Pero ése no es, ni será, el caso en mi escuela. Estoy segura de que me entiendes.

—Por supuesto —respondió Louise, ocultando su desprecio—. Y si sorprendo a cualquiera, si tengo alguna prueba, le irá muy mal. Pero a decir verdad, creo que hay personas que tienen prejuicios contra el muchacho. Sé que usted me tiene confianza y se lo agradezco. Por favor confíe en mí en este caso.

Sabiendo que no le quedaban muchas opciones, la señora Stacey cedió con elegancia.

—Desde luego que te tengo confianza, querida —dijo—. Después de todo, eres mi subdirectora. Pero también debo escuchar a los demás, ¿verdad? Aunque a veces se equivoquen.

Eso fue ingenioso, porque obligó a Louise a hacer una pequeña concesión.

—Quizá no estén del todo equivocados —aceptó, rígida—. Pero vale la pena arriesgarse. Creo que el principio...

Dejó la frase inconclusa, y la señora Stacey se permitió una sonrisa pedante.

—Por el momento —señaló—, no diré nada más. Más vale que metas a los rezagados, ¿no crees? Pero, querida... estaré al pendiente de la situación. La seguiré muy de cerca.

El cuarto de las mascotas en el centro de materiales le gustaba a Simón casi tanto como las mascotas mismas. Era un cuarto pequeño y más bien oscuro, con ventanas de vidrio opaco reforzado, y olía a conejos, pintura y cal. Cuando quitaba la tapa de la jaula de Diggory salía un olor a viruta, dulce y como de pino. La señora Shaw le había explicado que a los gerbos no hacía falta limpiarlos muy seguido, ya que siendo animales del desierto, no bebían ni se ensuciaban mucho. Lo tocó con un dedo: estaba calientito y suave.

Simón sostenía la tapa de plástico en la mano izquierda. Aplastadas bajo el brazo sostenía torpemente su mochila de deportes y su toalla. Al hacer malabarismos con todo, la toalla se le resbaló y los tenis cayeron al suelo, uno detrás del otro. Había encontrado sus cosas en el anexo del salón de clases donde las había dejado, aunque todo estaba desperdigado en el piso. El kubutan ya no estaba, pero a Simón no le importó demasiado. No se sentía muy marcial en el cuarto de las mascotas.

—Espérame un momento, Diggory —le dijo al gerbo—. Vamos a deshacernos de este mugrero.

Se pasó la tapa a la mano derecha, buscando con la mirada en dónde dejarla. Frente a él había una repisa para pinturas en polvo y colores para carteles. Le hacía falta una buena escombrada, pero serviría. Equilibró cuidadosamente la pieza de plástico moldeado, después se

acordó de Butch y miró en torno. "Un oportunista", había dicho la señorita Shaw. Un gato atigrado de aspecto amigable que podía devorar animales pequeños como si fueran bocadillos. Simón pensó que más le valdría cerciorarse, por si acaso hubiera entrado sigilosamente por su puerta especial (todas las puertas del centro tenían una pequeña compuerta para que Butch no se quedara encerrado).

Sin embargo no lo encontró en el pequeño cuarto. Antes de volver a la jaula del gerbo, Simón abrió la jaula de los conejos y con una escobeta barrió el piso y echó la suciedad en un bote de plástico especial. Les puso viruta fresca, les cambió el agua y les dio de comer. Después seguían los peces, que le parecían más bien aburridos. Para cuando volvió con el gerbo, Diggory estaba parado sobre sus patas traseras, tratando de subir por el muro transparente, moviendo la naricita rosada. Simón metió ambas manos a la jaula bajándolas lentamente para no asustarlo. Empezó a tronar la boca y tomó a Diggory, lo levantó a la altura de sus ojos y le dio un beso en la nariz.

El gerbo, según parecía, estaba muy contento. No se meneaba ni trataba de escapar. Simón lo meció en sus manos, arrullándolo. Estaba consciente de sentirse feliz; estaba colmado de una especie de placer resplandeciente. Soñaba ser amable con la señorita Shaw, con hacerle favores especiales, con llegar a tener al gerbo —más o menos— como si fuera suyo. Lo imaginaba viviendo en su casa, en su cuarto, imaginaba que era suyo. Se preguntaba si su madre lo permitiría.

Pero cuando volvió a meter a Diggory en su jaula y alcanzó la tapa, ésta resbaló de la repisa. Simón la atrapó, pero al hacerlo derribó una lata alargada de pintura en polvo. Era inevitable, la lata estaba abierta; era inevitable, la bolsa de adentro estaba suelta. Un chorro de polvo, como una cascada escarlata, cayó en la jaula, bastante sobre Diggory, quien saltó asustado. Al hacerlo, despidió una nubecilla brillante de polvo rojo.

Un pequeño sonido, una especie de gemido, escapó de los labios de Simón. Cuando estiró la mano para detener la cascada, la tapa del tanque tumbó otro paquete. Un polvo azul cobalto se mezcló con el escarlata, formando una pirámide sobre la viruta de pino. De la repisa cayeron dos o tres latas de pintura, rebotando primero en la mesa para después rodar por el suelo y desaparecer.

A Simón le entró pánico. El terror lo sofocaba; terror de lo que diría la señorita Shaw cuando se enterara. Todos sus sueños de ser el amo de Diggory, todas sus fantasías de tenerlo para acurrucarse con él y acariciarlo, se esfumaron. Un sollozo subió a su garganta, a su boca. Se tenía que ir, se tenía que largar, se tenía que esconder.

Pero antes de iniciar su huida, antes de salir dando tumbos del cuarto oscuro a la brillante luz de la tarde, tapó la jaula del gerbo. La movió de un lado a otro y le dio unas palmadas para cerciorarse de que estuviera bien firme.

Eso es algo que nunca olvidaría; jamás.

Afuera, en el patio, separados del centro de materiales por una calle y el alto alambrado, David, Ana y Rebeca vieron a Simón alejarse corriendo. David pensó en gritarle, pero su hermana lo detuvo.

—¿Nos habrá visto? —preguntó ella después de unos momentos.

—No lo sé —respondió Rebeca—. No estoy segura. Cielos, ¡cómo corre! ¿Qué habrá hecho?

Simón ya iba a unos trescientos metros, y seguía corriendo a toda prisa.

—Quién sabe —dijo Ana—. Creo que deberíamos ir a ver, ¿no creen?

David no estaba muy convencido.

—Puede llegar el señor Taylor. Es muy estricto cuando no tienes permiso para estar allí.

Rebeca miró su reloj.

—Es demasiado temprano. Tardará por lo menos otros diez minutos. Siempre cierra antes el laboratorio y se tarda horas.

Ana ya iba a media calle.

—Yo voto por que nos arriesguemos —dijo—. De seguro habrá roto algo. Siempre lo hace.

—¿Y qué piensas hacer? —preguntó Rebeca—. ¿Lo vamos a acusar?

Ana se quitó el pelo de los ojos y sonrió con malicia.

—Piensa en grande —dijo misteriosa—. Piensa en grande...

Cuando el señor Taylor llegó al centro de materiales veinte minutos después, Butch estaba echado donde aún pegaba el sol, afuera, junto a la puerta. Cuando se acercó, el gato atigrado, gordo y zalamero, se puso de espaldas y estiró las cuatro patas al tiempo que suspiraba ruidosamente. El señor Taylor se agachó, dobló los dedos y lo rascó con fuerza bajo la peluda barbilla. Butch empezó a ronronear como una podadora de motor y se acurrucó cómodamente.

—Qué vida, ¿eh? —preguntó el cuidador, hablando solo—. Eres un suertudo, Butch. Te envidio. ◆

Capítulo 7

◆ PARA LA mañana siguiente, cuando le contó a la señorita Shaw lo que había descubierto después, la envidia del señor Taylor se había convertido en pesar. Ambos estuvieron de acuerdo en que de ninguna manera podían culpar al gato: imposible pedirle que cambiara de naturaleza. El señor Taylor fue inesperadamente benévolo incluso con el culpable humano, aunque las pinturas regadas por todo el piso y el bote de comida para peces que encontró de cabeza le parecieron excesivos. Quizá, preguntó —sugiriendo casi— al muchacho le había entrado un ataque de pánico, había tirado algo y después había empeorado todo con su torpeza. ¿Era posible? La señorita Shaw, abatida, dijo que sí.

Veinte minutos después, cuando el señor Kershaw llegó trotando hasta la reja, ella aún no tenía una conclusión definitiva sobre el desastre. Él se detuvo, jadeando un poco tras su carrera matutina, y le preguntó qué ocurría. En un par de frases precisas le explicó, y el señor Kershaw ni siquiera sonrió. Ni siquiera le espetó: "Te lo dije".

—Válgame —dijo—. Tu muchachito te ha decepcionado. Qué tristeza.

Ella buscó en su rostro, pero no encontró huellas de malicia.

—Tal como dijiste, Brian. Pero reconozco que aún no lo entiendo.

El profesor de deportes escudriñó las filas de niños que llegaban a la reja. Simón no se encontraba entre ellos.

—No —coincidió—. Es muy extraño. ¿Y también hizo un tiradero? Pues debe ser bastante estúpido, si no te molesta que lo diga. ¿Qué dijo nuestra amiga Beryl?

—Apenas se lo comenté —respondió Louise—. Fue idea de Bill Taylor, a él tampoco le cae muy bien ella. De hecho, le mentí un poco. Le dije que el gerbo se había escapado, pero no le conté lo del tiradero. Bill dijo que se encargaría de limpiarlo antes de que ella fuera a cerciorarse, aunque dijo que no le importaba hacerlo.

—Es un buen tipo. Me imagino que ella te habrá echado su sermón sobre "crimen y castigo".

—Así es. Incluyó todo: que si su torpeza, su impuntualidad, su incapacidad de seguir incluso las instrucciones más sencillas. Aun si dejó la jaula destapada por error, sigue siendo culpable... en ese tono. La gente como Simón Mason no puede hacer el esfuerzo... —suspiró—. Desde luego, le dije que yo asumía toda la responsabilidad. Y que compraría otro gerbo. Dijo que pensaba hablar sobre esto en la asamblea.

—¡Cielos! ¿Y qué hiciste?

Louise dio un vistazo a su reloj. Estaban atrasados.

—Me volví loca. Le dije que ni siquiera conocíamos los hechos. Espero que Simón tenga una buena explicación. Lo mejor sería una nota del doctor: ¡Culpable por demencia!

El patio estaba casi vacío. La asamblea empezaría de un momento a otro. Louise tenía una imagen mental de la directora, presumida y rechoncha, cacareando frente a toda la escuela, diciendo lo malo que era Simón.

—Cielos, es tan deprimente —prosiguió—. Ahora no se va a aparecer, y entonces, ¿qué voy a hacer? Cómo quisiera no haberle dado el beneficio de la duda.

Louise se volvió hacia la escuela. Al mismo tiempo, Brian señaló y dijo:

—Mira, detrás de la camioneta: nuestro vagabundo regresó.

—Gracias a Dios.

Corrió hacia la banqueta haciéndole señas para que se acercara, y lo llamó:

—¡Simón! ¡Simón! ¡Ven, rápido, llegas tarde!

Simón se dejó ver pero no se acercó. Más bien parecía que estaba a punto de echarse a correr.

—¡Simón! —repetía Louise— ¡No te haré nada, sólo quiero que hablemos!

Brian levantó los brazos.

—Mejor ven por la buena, hijo. Porque si no, te puedo alcanzar en doscientos metros. ¿Quieres echar una carrera?

—Ay, Brian —musitó Louise.

Pero funcionó. Después de unos momentos, Simón caminó hacia ellos. Cuando se acercó, vieron que tenía el rostro cubierto de lágrimas. El señor Kershaw tuvo el tacto de retirarse y entró por la reja hacia la escuela.

—Lo siento, señorita —dijo Simón.

Ella carraspeó.

—Ve al baño a lavarte la cara —indicó—. Ven a mi oficina en el recreo. ¡Corre!

Hasta en la banqueta lisa y despejada Simón encontró la manera de tropezar... ◆

Capítulo 8

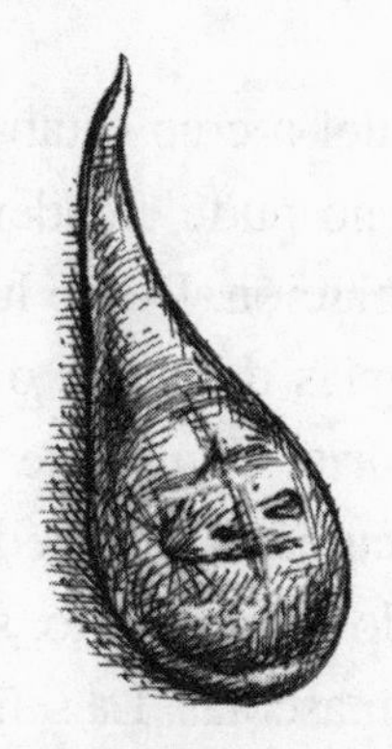

◆ DE CAMINO a la escuela, había entrado a la mina de cal, en espera de que ocurriera algo que mejorara su situación. Estaba tan callado, tan absorto en sus pensamientos que, luego de algunos minutos, salieron dos gazapos y se pusieron a comer frente a él. Por un momento Simón olvidó sus problemas y disfrutó de su compañía. Pero después recordó todo.

La noche anterior había decidido contárselo a su mamá, arriesgándose a uno de sus acostumbrados cambios de humor. De hecho ella había estado bastante contenta y tranquila, pero él no supo por dónde empezar. Le parecería demasiado estúpido, demasiado cotidiano: romper cosas, regar cosas, tirar cosas de las mesas. No valía la pena.

Había dejado la mina con tiempo suficiente para no llegar tarde al colegio, pero al ver a la señorita Shaw y al señor Kershaw parados junto a la reja, se acobardó. Había pasado largo tiempo tratando de convencerse de que su crimen no había sido tan terrible en realidad, aun cuando lo despidieran como encargado de las mascotas, pero si ambos lo estaban esperando, debía ser algo muy serio. En la noche había sollozado, le tomó una eternidad conciliar el sueño, y ahora las lágrimas le brotaban de nuevo. Sólo avanzó cuando era evidente que no podía escapar.

Para la hora del recreo estaba más tranquilo, más resignado. Durante las clases no pudo atender ni ver nada; se la pasó tratando de encontrar una solución. Desde luego, se ofrecería a limpiar la pintura derramada, después de clases o durante el recreo, y le diría abiertamente a la señorita Shaw que sabía que había perdido su puesto. Además, se disculparía y le pediría permiso para ir a ver a Diggory de vez en cuando y acariciarlo, si ella tenía tiempo para acompañarlo al cuarto de las mascotas. La señorita Shaw era muy buena, de eso no había duda. Se convenció a sí mismo de que ella no lo asustaba.

En consecuencia —para sorpresa de ella—, Simón no estaba amedrentado cuando entró a su oficina, no temblaba ni lloriqueaba. La sonrisa que el muchacho logró esbozar más bien la desconcertó; la sorprendió. Louise tenía sus propios problemas con este asunto.

—Vaya —dijo—. El remordimiento no te duró mucho, ¿verdad?

Simón no entendió la palabra, ni exactamente a qué se refería. Pero el tono le llegó, e hizo una gran mella en su confianza.

—¿Señorita?

Louise estaba molesta consigo misma. Todo el asunto era molesto, era un inmenso fastidio. Meneó la cabeza, impaciente.

—Ay, no importa. Mira, no puedo perder todo el día con esto. Sólo dime por qué lo hiciste.

Simón tragó saliva. Un pequeño filo de temor empezó a crecer en su interior.

—Por favor, señorita, fue un accidente.

Su sonrisa se había desvanecido. Tenía la cara pálida.

—¡Vamos! ¿Qué clase de accidente fue ése?

El temor crecía. En ese momento ella no era nada buena. Era totalmente hostil.

—¿Señorita?

—¿Dejar la jaula destapada? ¿Cómo pudo ser accidental, Simón?

Él tenía una imagen mental de cuando tiró la pintura. La tapa estaba más o menos puesta. Estaba floja, porque se abrió, pero definitivamente estaba puesta.

—¡No la dejé destapada, señorita! —exclamó—. La tapa estaba floja. Pero cuando la tiré, se regó por todas partes. La pintura.

Ella estaba confundida, pero también enojada. Pensó que lo inventaba, tratando de zafarse de algún modo.

—¿De qué estás hablando? No te estoy regañando por la pintura, Simón, sino por el gerbo. ¿No podrás negar que fue un descuido?

Simón parpadeó.

—No toqué al gerbo, señorita —dijo—. ¿Qué pasó?

—Simón —replicó la señorita Shaw con brusquedad—, no digas tonterías, claro que lo tocaste. Desgraciadamente, el gerbo está mu...

Había una expresión de terror en su rostro que la hizo callar. Descuidado o no, torpe o no, obviamente no sabía lo que había hecho, las consecuencias de sus actos. Tenía miedo de que se soltara a llorar.

—Bueno —agregó rápidamente—. Claro que no lo sabemos a ciencia cierta. Lo que sí sabemos...

—¡Diggory! ¿Diggory está muerto?

Respiraba hondo, tembloroso. Tenía el rostro pálido.

—¡No! —dijo ella, con más apremio—. Seguramente no es nada por el estilo, lo más probable es que se haya escapado. Debe estar escondido en alguna parte del centro de materiales.

Pero el rostro de Simón había vuelto a cambiar. Estaba agitado, ansioso.

—¡Los vi! —gritó—. ¡Estaban merodeando afuera! ¡Esa Ana Royle y su hermano y aquella chica! ¡Los vi, señorita! ¡Deben haber sido ellos, señorita!

Había dos manchas rojas en sus mejillas, manchones grandes y colorados. Ira y agitación.

—¡Simón! —dijo la señorita Shaw—. ¡Cómo te atreves a inventar cosas! ¡Se te olvidó la tapa y eso es bastante grave! ¡Además reconoces que aventaste la pintura por todos lados! ¡No salgas ahora con estas mentiras malvadas y absurdas!

—¡No avente la pintura! ¡La tiré sin querer! ¡Se metió en la jaula de Diggory y me asusté! ¡Pero la dejé tapada! ¡La dejé tapada!

—¡No es cierto!

El rojo se había corrido por toda su cara. Estaba rojo de oreja a oreja, escarlata. Louise lo miró fijamente, tratando de leer la verdad. Aun si mentía —y ella sospechaba que sí—, lo podía perdonar. Podía entenderlo, en parte.

—Simón —habló con bastante suavidad—, creo que será mejor que no digas más. No creo ni por un instante que hayas visto a esos niños, no creo ni por un instante que haya habido nadie más implicado. Pero el señor Taylor fue muy amable y se encargó de limpiar todo, y... y, quién sabe, quizás Diggory aparezca un día de éstos, y nos dé una sorpresa a todos.

Ella pensaba castigarlo, por lo menos decirle, de manera fría y clara, que ya no sería el encargado de las mascotas. Descubrió que no tenía corazón para hacerlo. Estaba desconsolado, desamparado.

—Señorita —dijo—. Sí los vi. De verdad, señorita.

Estaba de pie frente a ella, desaliñado, desagradable. Percibió que ella aún no le creía. No lo volvió a intentar.

Después de un momento dijo en voz baja:

—¿Usted cree que aparezca, señorita? ¿Diggory? —Otra vez tenía los ojos llenos de lágrimas—. ¿No está muerto, verdad? ¿Verdad que no?

—Si lo está —dijo Louise Shaw—, será porque la jaula se quedó abierta, ¿no es cierto?

Ése fue todo el castigo del que fue capaz. De inmediato se sintió avergonzada.

En su mente no existía ninguna duda real al respecto, pero Louise decidió que debía interrogar a David Royle y las niñas. Le fastidiaría que sí hubieran estado por allí —aun de la manera más inocente— porque el asunto se volvería más turbio. La simple verdad, y lo sabía, era que Simón estaba en aprietos y había tratado de echarle la culpa a alguien más. No obstante, le llamó la atención observar —cuando los acorraló en el campo de juegos durante el recreo— cómo David se puso nervioso de inmediato. Ana y Rebeca se limitaron a sonreír.

—¿Qué tal, señorita? —dijo Rebeca—. ¿Visitando los barrios bajos?

—Más bien, buscando evidencias —dijo Ana con frialdad.

David le lanzó una mirada de susto a su hermana, y Louise se preguntó si habría cometido un error. Nadie sabía lo del gerbo, ella y el señor Taylor se habían asegurado de que así fuera.

—¿A qué te refieres, Ana? —preguntó.

—Al incidente en el patio de juegos —respondió Ana—. Le decíamos la verdad, ¿sabe, señorita Shaw? Simón Mason siempre anda aporreando a la gente.

Louise había perdido la ventaja, pero debía continuar.

—¿Lo viste ayer por la tarde, David?

Ana respondió:

—No, no lo vimos. ¿Dice que después de clases?

Rebeca leyó en su rostro que alguien los había visto. Actuó con rapidez.

—Sí lo vimos, Ana. ¿No te acuerdas? Cuando íbamos por la calle Peel. Estaba en el patio, ¿no?

Ana asintió, como si lo acabara de recordar.

—Ah, es cierto, señorita, sí lo vimos. Aunque ya íbamos muy lejos. Demasiado lejos para que nos apedreara.

—Qué graciosa. ¿En qué parte del patio? ¿Qué estaba haciendo? ¿David?

David se lamió los labios. Pero las niñas no parecían nerviosas, así que habló.

—Junto al centro de materiales. Creo que acababa de salir. Creo que había estado con los animales.

Rebeca esbozó una sonrisa vivaz. Estaba a un paso de portarse descarada. Está bien, pensó Louise, probemos con la táctica de choque.

—Me dijo que los había visto. Después de estar con los animales. Después de dejar al gerbo sano y salvo, con su jaula bien tapada. ¿Así fue?

David se encorvó y empezó a arrastrar los pies. Louise deseó haber hablado a solas con él. Por desgracia era demasiado tarde. Fue Ana quien respondió.

—A menos que haya tenido un accidente —dijo—. Cualquier niño normal hubiera dejado la jaula tapada, ¿no?

—¿Cómo que un accidente? —preguntó Louise, incisiva—. ¿Qué clase de accidente?

Ana no le respondió, se limitó a mirarla. Su expresión era tranquila, seria e interesada. Louise se sintió tonta, como si hubieran sido más listas que ella.

—¿Hubo algún accidente? —preguntó Rebeca—. Debe haber pasado algo, ¿verdad? ¿De lo contrario no nos haría estas preguntas?

—No pasó nada —dijo Louise, y se arrepintió—. Nada que podamos discutir aquí afuera. Supongo que habrá un anuncio al respecto.

David empezó a sonreír. ¡Fin de la tensión! El rostro de su hermana permaneció serio.

—Válgame —dijo ella—, espero que no sea nada muy terrible, señorita. Nadie entendió por qué lo nombró encargado de las mascotas. ¿Está bien el gerbo? Ay, ¡es tan lindo y tierno! ¿Está bien, en serio?

Louise se dio la media vuelta.

Más tarde, con Brian, dejó salir su ira. Lo llevó a un rincón tranquilo y prácticamente bailó de coraje.

—¡Estaban tan tranquilas! Tan medidas, tan insolentes. Casi desde el principio me pusieron a la defensiva. Era como una función doble, ¡con David de palero!

—Son listas —dijo Brian—. Sobre todo Ana. Es una de esas niñas odiosas, todo lo que hace le sale bien.

—Pero esto va más allá del hecho de que sean listas, era como si... ¡como si lo hubieran ensayado! ¡Para presentar a Simón de la peor manera posible!

Brian dudó.

—Mm —dijo—. Bueno, pues eso suena... Bueno, quizá no es tanto que sean muy brillantes sino que... Bueno, quizás te hayan dicho la verdad. Como ellas la perciben, claro.

—¿Y cuál es?

—Bueno, como ellas la perciben... —se hizo fuerte—. Bueno, lo cierto es que el chico es un mentiroso, ¿no? No has cambiado de idea sobre eso, ¿verdad?

Louise se mordió el labio inferior. Pensaba.

—En serio —dijo Brian—. Toda la evidencia está del lado de Ana, es difícil negarlo. Quizá creen que has sido demasiado benévola con él. Quizá tengan razón...

Louise seguía sin decir nada. Brian estudió su rostro.

—Es un mentiroso y un buscapleitos, ¿no es cierto? —dijo—. Por mucha lástima que le tengas. Si dejas que se salga con la suya, ¿quién puede culparlas por estar furiosas? ◆

Capítulo 9

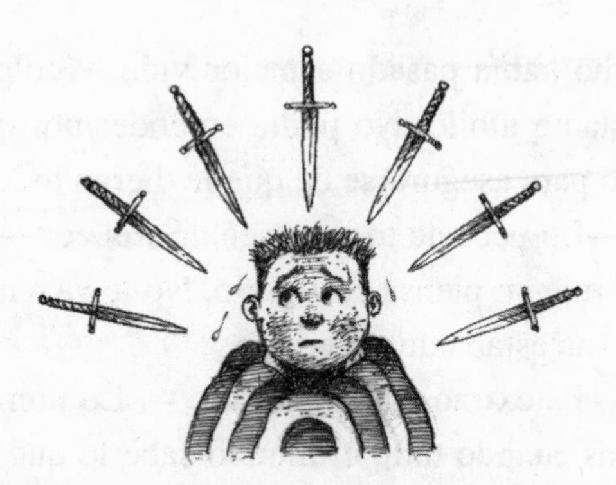

◆ Y EN VERDAD, ¿quién podía culparlas? A pesar de la calma con la que habían manejado a la señorita Shaw, Ana y Rebeca no se sentían triunfantes. De hecho, cada vez estaban más molestas por la situación. Extrañamente, entre más avanzaba, más culpaban a Simón Mason. Ésta era la parte que David no entendía.

—Se está saliendo de control —indicó Ana—. Ahora nos interrogan como si fuéramos criminales. ¡Nada más falta que le dé una medalla!

—El descaro de esa mujer —concordó Rebeca—. Quería tendernos una trampa para que admitiéramos algo. Ha de pensar que somos unas tontas.

Estaban en un corredor que se iba llenando de gente. Los rumores sobre el gerbo, inevitablemente, habían empezado a correr, y los amigos que habían visto a la señorita Shaw hablar con ellos en el patio les hacían preguntas. Ellos no querían saber nada.

—Ni se te ocurra decirle una palabra de esto a nadie —le advirtió Ana a su hermano con fiereza—. Ya nos metimos en suficientes problemas por su culpa. No sabemos nada de nada, ¿está claro?

David asintió, aunque pensó que dejaban ir una oportunidad dorada. Por lo menos cinco niños le habían dicho, en secreto, que el gerbo había pasado a mejor vida, y culpaban a Simón Mason con bastante júbilo. No podía entender por qué no se aprovechaban de esto para asegurarse de que le dieran todo el palo.

—Lo peor de todo —señaló Rebeca— es que obviamente la vieja bruja no piensa castigarlo. No le va a hacer nada.

Ana estaba de acuerdo.

—Es extraordinario —dijo—. Lo nombra encargado de las mascotas cuando todo el mundo sabe lo que va a pasar, y cuando pasa, lo deja ir impune. Eso no puede ser bueno para la disciplina.

—Y el problema —agregó Rebeca— es que cada vez nos involucra más. Primero mintió sobre lo que pasó en la cancha, y luego le dice que tuvimos algo que ver en el asunto del gerbo. ¡Y ella le cree!

¡Y es cierto!, pensó David. Pero no dijo nada. Su hermana y Rebeca estaban muy resentidas por esto y cuando estaban así eran muy peligrosas. En cierto modo lo asustaban.

Habían llegado al final del corredor, donde tenían que separarse. Las niñas iban a tomar geografía, mientras que a David le tocaba estudio en la biblioteca. Era la última clase antes de salir a almorzar.

—Lo que me preocupa —dijo Ana, deteniéndose en el cruce—, es hasta dónde va a llegar. Creo que debemos hablar con el bobo de Simón más que de inmediato. Creo que necesita una advertencia.

—Un golpe preventivo —señaló Rebeca y sonrió, apartándose los rizos de los ojos—. La boca callada o de lo contrario…

—¿Qué tal si nos acusa? —preguntó David, con voz débil y asustada.

Su hermana le tomó el lóbulo de la oreja entre los dedos, con bastante suavidad. Poco a poco, fue incrementando la presión hasta lastimarlo.

—No lo hará.

A la hora del almuerzo, la señora Stacey envió un mensaje a la oficina de Louise, pidiéndole que viniera para hablar. Louise hizo como si no hubiera recibido la nota y salió en su auto. Era hora, había decidido, de hablar con la madre de Simón. No se molestó en buscar su número de teléfono. Esta entrevista sería mejor cara a cara.

Louise no conocía muy bien la parte de la ciudad donde vivían los Mason, pero traía un mapa. Las calles eran sorprendentemente amplias, y todas las casas contaban con jardín trasero. Detrás de ellas se veía la colina de cal, cubierta de pasto, que se extendía hacia atrás y hacia arriba en un horizonte cercano. Cuando llegó frente a la puerta de Simón, vio la enorme cicatriz blanca de la mina a mano derecha. La casa estaba bien pintada, ordenada, apacible. En cierto modo, había esperado algo... peor.

—¿Señora Mason? Soy Louise Shaw, la subdirectora del colegio de Simón. Me parece que nos conocimos alguna vez en la escuela.

La señora Mason se sobresaltó y se sonrojó un poco. Jaló la puerta de entrada tras de sí, como si quisiera ocultar el pasillo. Louise se preguntó si habría alguien más adentro.

—¿Ah sí? Lo siento, pero no me acuerdo.

—Bueno, no importa —dijo Louise, fingiendo una voz alegre. Pero el rostro de la señora Mason se notaba preocupado.

—¿Él está bien? No ha pasado nada, ¿verdad? ¿Ningún accidente ni nada?

—Nada —dijo Louise—. De verdad. Es que... quisiera hablar

con usted de algo, eso es todo. Es bastante complicado. Me ayudaría mucho si pudiéramos... usted sabe, hablar adentro. ¿Sería posible?

Por un instante pensó que la señora Mason se negaría. Se impactó al darse cuenta de que no hubiera sabido qué hacer. Pero la señora Mason asintió, aunque la expresión de ansiedad seguía en su rostro.

—No tengo mucho tiempo —replicó—. Por el momento, estoy trabajando en lo de Baxter. Tengo que estar de vuelta en media hora.

—Quizá la podría llevar en mi auto.

La señora Mason negó con la cabeza.

—¿No conoce este rumbo? Está a doscientos metros.

Louise se sintió un poco tonta. Siguió a la señora Mason hasta la sala. Estaba atiborrada, desordenada, pero no era peor que su propio departamento. No había nadie más. La madre de Simón había estado juntando la ropa sucia para lavarla. Señaló una silla, y Louise se sentó.

—¿Café? ¿Té? Puede fumar si lo desea, no me molesta.

—No fumo, gracias. Y estoy bien por ahora, no tengo sed. Mire, señora Mason, mejor empiezo. Usted es muy amable, pero quizás en dos minutos quiera echarme.

La señora Mason la miró fijamente. Louise podía escuchar un reloj, y en poco tiempo encontró de dónde provenía el sonido: era eléctrico, de alarma, y estaba sobre la repisa de la chimenea. Linda Mason se sentó, sin quitarle los ojos de encima.

—¿Se metió en problemas? —preguntó—. ¿Se ha vuelto a portar mal? ¿Ahora qué fue? ¿Robó? ¿Rompió algo? ¿Se peleó?

Louise estaba atónita, pero aprovechó la oportunidad.

—Si le dijera que es un buscapleitos, ¿le sorprendería, señora

Mason? No me malentienda, no estoy segura de que sea el caso, pero... ¿sería posible?

Se dio cuenta de que la señora Mason se veía cansada. Su rostro era pálido y tenía muchas arrugas. También se dio cuenta de que seguramente serían de la misma edad, o casi. Esperó en Dios que la gente no la percibiera así a ella.

—Buscapleitos —suspiró—. No, no me sorprendería mucho. ¿Es verdad? Digo, ¿tiene alguna prueba o sólo es una suposición? ¿Habrá habido alguna queja?

A Louise esta reacción le pareció muy extraña. En su experiencia, los padres nunca creían nada malo de sus hijos. Los defendían a capa y espada, sin importar lo mal que estuvieran. Esto era muy preocupante.

Como no había respondido, la señora Mason continuó. Su voz era tranquila, casi apagada, al hablar de su hijo.

—Es un niño problemático, no tiene caso negarlo. En su última escuela se metió en muchos problemas y me hizo quedar muy mal. Me decía que los otros niños le buscaban pleito a él, que lo molestaban, pero luego los maestros lo descubrieron. Tiraba los zapatos de los niños por los excusados, y otras cosas, sus tenis, ya sabe. Juró y perjuró que no era él, hasta que un día uno de los maestros se escondió en el baño y lo vio. Aunque nunca me dijo por qué lo hacía.

Louise esperó. Supuso que así escucharía más.

—Verá —continuó la señora Mason—, no es que no... Usted sabe, que no lo quiera. Soy su mamá, ¿no? Pero a veces no sé qué hacer. Es medio lento, es torpe, nada lo entusiasma. Honestamente, no es muy bueno para nada, ¿verdad? Y no tiene amigos, eso es lo peor. No se junta con nadie.

—¡Pero le encantan los animales! —exclamó Louise. Para su sorpresa, se dio cuenta de que trataba de defender a Simón, de que quería convencer a su madre de su valor oculto. También se dio cuenta de que en estas circunstancias, difícilmente podría hablar sobre el gerbo Diggory.

—A lo mejor... —empezó a decir. Se detuvo. Pensó que quizá se había sonrojado.

La madre de Simón dijo:

—Sí, me mencionó algo. La otra tarde, algo sobre un... no recuerdo. Algún animal, creo. Pero luego tuvimos un pequeño pleito, había olvidado su mochila o algo así. Eso también, es tan olvidadizo. No puedo más que pensar que casi lo hace a propósito. No le importa. Aunque tengo que reconocer que a veces yo también me enojo.

Esta mujer es demasiado honesta, pensó Louise. Sería mejor para su hijo si se comportara como todas las demás y lo defendiera ciegamente. Deseó no haber venido.

—La verdad —dijo la señora Mason—, es que ya no sé ni qué es verdad. Se lo he dicho una y otra vez: si mientes una vez, jamás te volverán a creer. Sé que ha mentido en el pasado y ahora ni me atrevo a preguntarle. De todas formas, no me lo diría. Ya nunca me habla de sus problemas.

De manera más bien abrupta, Louise se puso de pie. Miró su reloj, aturdida.

—Será mejor que me vaya. Ya es bastante tarde. Gracias por hablar conmigo, señora Mason. Ha sido de gran utilidad.

Linda Mason también se puso de pie, desconcertada.

—Pero si no me ha dicho nada. Sobre los pleitos. ¿Fue algo serio? ¿Alguien salió lastimado? ¿Le van a hacer algo a mi Simón?

—Para nada —repuso Louise, apresurada. Se dirigió hacia la salida—. No fue nada grave y no hay ninguna evidencia directa que lo inculpe. Me sorprendería mucho que volvieran a molestarla con este asunto.

—¡Mire, estoy preocupada! —dijo la señora Mason. Ella también estaba sorprendida por la pronta despedida de la señorita Shaw—. No me malentienda, Simón es un buen muchacho, pero... ¿Está segura de que...? Una vez pateó a un niño, en la otra escuela, algo del kung fu. Le gustan mucho las artes marciales.

Louise estaba junto a su auto, batallando para meter la llave en la cerradura. Simón es un niño, quería gritar, no es nada serio, son juegos de niños.

—De verdad —dijo—. Señora Mason, creo que me he precipitado un poco. Si puede, hable con Simón, pero le aseguro que no ha ocurrido nada terrible. Sólo estaba tratando de averiguar algunas cosas. No ha pasado ni pasará nada malo, y estoy segura de eso.

Cielos, pensó al doblar en la primera esquina, ya no estoy segura de nada.

Ana, Rebeca y David acorralaron a Simón al principio del recreo y se fueron sobre él. Brian Kershaw, que lo había observado parado junto a la fachada, vio a una distancia de trescientos metros cuando las dos niñas y el pequeño se le acercaron. No pudo distinguir exactamente qué fue lo que ocurrió, pero el ataque de Simón fue inconfundible. Se abalanzó contra David Royle tirando golpes con los brazos, y la lonchera amarilla voló por los aires, regando los sándwiches y una cantimplora azul y morada.

—¡Ey! —rugió Brian—. ¡Ya te vi, Mason!

Ni Simón ni los otros lo escucharon con el ruido del recreo. Cuando corrió hacia ellos, echaron a correr hacia la fachada, primero Simón, después Rebeca Tanner y por último la alta y rubia Ana. David Royle estaba arrodillado junto a los sándwiches, rescatando su almuerzo del lodo. Brian lo vio de reojo al pasar a su lado volando, y pensó que quizás estuviera llorando.

Detrás de la saliente de la fachada Simón, en definitiva, no lo estaba. Tenía la cara roja de coraje, fea y retorcida. Estaba parado de espaldas a la pared, con un enorme trozo de laja en la mano echada hacia atrás, listo para arrojarla. Tenía la boca abierta, salpicada de saliva, y jadeaba, sollozaba. El señor Kershaw apenas si se percató de las dos niñas, sólo del peligro en que estarían si Simón lanzaba esa piedra.

—¡Suéltala! —gritó—. ¡Suéltala, muchacho!

Pero antes de que Simón pudiera soltarla, el maestro estaba sobre él, había tirado la piedra al piso y le sacudía el brazo con violencia.

—¡Tonto! —dijo—. ¡Niño tonto! ¡Vas a lastimar a alguien! ¡Contrólate!

Simón lo miraba, parpadeando, con la boca todavía abierta y mojada. El señor Kershaw le soltó la muñeca, la aventó casi, y se dio la media vuelta. Caminó a zancadas hacia la cancha, con el rostro impasible ante la multitud de niños que se acercaban a ver la diversión. Ni siquiera había observado si Ana y Rebeca seguían allí.

Allí seguían. Cuando el maestro se fue, antes de que Simón pudiera huir de las hordas de entrometidos que se aproximaban. Ana se le acercó y se rió en su cara.

—Eso no fue nada —le advirtió—. Queremos verte a la salida, en el terreno que está junto a la fábrica de ladrillos. Más te vale estar allí, tarado.

—No —dijo, ya no gritaba, la furia había pasado—. No.

—Claro que sí —ordenó Ana—. No tengas miedo, no te vamos a lastimar.

—Va a haber un juicio —añadió Rebeca—. Vamos a escuchar las evidencias, a encontrarte culpable y a sentenciarte. Eso es todo.

Después llegaron corriendo los otros niños para ver si alcanzaban a darle un porrazo, y Simón corrió. Ana y Rebeca, plenamente satisfechas, fueron a buscar al pequeño David. ◆

Capítulo 10

◆ LOUISE regresó al Saint Michael demasiado tarde para que la directora sostuviera la amarga entrevista que tenía planeada. Apretando los labios, la pospuso hasta la hora de la salida esa tarde. Pero el enojo se le notaba con toda claridad.

—Señorita Shaw —dijo—. Debemos aclarar esta situación. No pienso seguir tolerando tal comportamiento en mi escuela.

"Señorita Shaw..." ¡Verdaderamente! Louise sintió que la rabia le tensaba el pecho.

—¿Cuál comportamiento? —preguntó.

—Hay rumores por doquier. Todos los niños dicen que Simón Mason mató al gerbo. Dicen que regó pintura por todas partes, que destruyó el centro de materiales.

—¡Qué tontería! —replicó Louise con vigor—. ¿Qué opina el señor Taylor? No es verdad.

El timbre sonaba en la pared por encima de la señora Stacey. Los niños que pasaban —y también los maestros— las miraban sin disimular su curiosidad.

—De todos modos —dijo la directora, irritada—, quiero que se aclare. Espero una explicación de usted. En el siguiente receso.

—Lo siento, estaré ocupada. Tengo que...

—¡Entonces a la salida! ¡En mi oficina! —hizo una pausa—. Hay ciertos estándares en esta escuela, señorita Shaw, que debemos mantener. Espero que usted, como subdirectora, los mantenga.

Se dio la vuelta y se marchó, iracunda, moviendo los hombros y las caderas de manera agresiva. Diez segundos después Brian apareció al lado de Louise. Había estado observando a cierta distancia lo que ocurría.

—Va a hacer que me cuelguen —dijo Louise sin ningún preámbulo—. Ella me va a volver loca.

En el rostro de Brian se adivinaban problemas.

—Mira, Louise —dijo—, tengo algo que decirte. Malas noticias. Sobre tu Simón Mason.

Sintió un vacío en el estómago.

—Dime.

—Lo sorprendí a la hora del almuerzo. Atacó al chico Royle. Moqueras y sándwiches por todos lados.

—¡Oh, no! Ay, Brian... ¿fue serio?

—Volvió a usar una piedra. Pudo ser espantoso.

Pronto quedó bien claro que la señora Stacey pretendía explotar el problema al máximo. Las dos mujeres se miraban, separadas apenas por su escritorio, pero bien hubiera podido ser el Gran Cañón, por la enorme distancia que había entre sus actitudes.

Había hablado con el señor Taylor, le dijo a Louise, y él había admitido que se había hecho un reguero de pintura. En la tarde había hablado con varios niños escogidos al azar y todos le habían dicho, de manera clara y categórica, que Simón Mason había dejado la jaula del gerbo destapada y que Butch se lo había comido.

—Esto —tronó, dándose importancia—, no fue lo que me dijiste, Louise.

—No fue lo que le dije —respondió—, porque en ese momento no era lo que sabía. Aún no me consta que sea la verdad. En mi experiencia, los niños no son los testigos más confiables.

La señora Stacey estaba impaciente.

—Algunos niños sí. Una puede distinguir a los que acostumbran mentir, ¿no es cierto? Y el señor Taylor lo confirmó. ¿Qué no basta con eso?

—¿Confirmó que Butch fue el que se lo comió? —Louise no pudo evitar una pequeña nota de sarcasmo en su voz—. Hubiera pensado que Butch era el único que podía...

La señora Stacey se puso roja. Apretó los labios y resopló, amenazante, por la nariz.

—¡Louise! ¡Debo insistir en que trates este asunto con seriedad! ¡Tenemos un muchacho que es un mentiroso y un buscapleitos! ¡Tomaste la iniciativa de darle todas las oportunidades y se comportó de manera abominable! ¡Aun así lo defiendes, y ahora te escudas en chistes ridículos! ¡No lo pienso tolerar!

Se miraron fijamente, tensas de coraje. Louise lamentó su sarcasmo, pero ya no podía hacer nada. ¿Qué podía decir? ¿Que no estaba convencida? ¿Que aún no había pruebas?

Pero la señora Stacey no había terminado:

—Antes de que prosigas —dijo—, quizá deba decirte otra cosa. Esto también es un rumor, al menos es lo que se dice, pero es algo que decides ignorar, bajo tu propio riesgo. Hubo otro incidente a la hora del almuerzo. Tu Simón atacó al muchacho Royle. El señor Kershaw tuvo que intervenir. En unos minutos tengo una cita con

Brian para hablar con él, y si lo confirma, pienso hacer algo al respecto. Voy a terminar con este tipo de comportamiento de una vez por todas. Te lo aseguro.

Lo único que Louise podía pensar en ese momento es que había vuelto a decir que Simón era "suyo"; era la segunda vez. Qué extraño, pensó, la gente siempre busca a quién colgarle sus problemas.

—Señora Stacey —comenzó, después de una pausa—. Simón Mason tiene problemas, estoy bien consciente de ello. Pero...

Llamaron a la puerta, y la señora Stacey fue a abrir de inmediato. Era Brian, quien se notaba más bien tímido. La esperanza que tenía Louise de hablar con él en privado antes de su entrevista se desmoronó.

—Ah, Brian —dijo la directora—. Pasa, por favor. Louise ya estaba por irse.

Cuando pasó junto a ella, Louise miró a Brian y trató de articular un mensaje. Brian trató de leer sus labios con disimulo. Con toda claridad, formaban las palabras: "no le digas".

Pero al caminar por el corredor, sabía que estaba dando patadas de ahogado. ¿Cómo no le iba a decir? ¿Qué podría inventar?

No tenía remedio.

A lo largo de la tarde, Simón tuvo un solo pensamiento en mente: huir. Prestó aún menos atención que de costumbre y saltó como un conejo asustado cuando la señora Earnshaw le pegó un grito. Formulaba un plan tras otro para escapar a la hora de la salida, pero no creía que fueran a funcionar. Ana y Rebeca —con la ayuda de David— tendrían todas las rutas cubiertas. Lo atraparían y lo llevarían del pescuezo al terreno para darle. Esta vez no tenía escapatoria.

Curiosamente, fue sencillo. Cuando sonó el timbre, corrió a la puerta, ignorando el grito furibundo de la señora Earnshaw. Voló entre los niños que salían de los salones para recoger sus abrigos del pasillo, y salió al patio en menos de veinte segundos. Cruzó por la reja tan aprisa que por poco lo atropella un auto, no obstante la reja exterior cuyo propósito era evitar que ocurrieran tales accidentes, y para cuando el primer grupo de niños había salido a la banqueta, él se hallaba a doscientos metros y mantenía el paso. Llegó a casa media hora antes que cualquier otra vez que recordara.

Su madre estaba en casa y se sorprendió de verlo. Ella también pasó la tarde preocupada, y volvió del trabajo lo antes posible. Había decidido prepararle un té muy sabroso, hamburguesas con papas fritas y los repugnantes chícharos enlatados que tanto le gustaban. La visita de la señorita Shaw la había alterado mucho, así que decidió estar tranquila, ser amable, y hablar con Simón de manera racional sobre todo el asunto para averiguar qué estaba ocurriendo. En cuanto se miraron, todo empezó a marchar mal.

El problema es que Simón también quería contarle. Quería contarle sobre Ana y Rebeca y cómo lo maltrataban, sobre Butch y cómo había matado al gerbo, sobre cómo lo habían provocado a la hora del almuerzo hasta que había perdido los estribos y había tirado los sándwiches de David Royle. Jamás lo hubiera admitido, pero quería abrazarla y llorar a mares.

Estaba parada frente a él, pálida, con el delantal puesto y la lata de chícharos abierta en la mano. Al verla, la boca le empezó a temblar y se le abrió. Trató de hablar, de echarlo fuera, pero sólo pudo emitir un sonido desagradable que le hacía temblar la garganta.

—Me —dijo—. Me... Hay unos niños...

Ella lo miraba. De la fosa nasal izquierda le empezó a escurrir un moco que se infló en una burbuja. Se limpió la cara con la manga de la chamarra y dejó un rastro que le cruzaba la mejilla. Algo en ella se rompió.

—¡Otra vez andas de buscapleitos! —vociferó. Alzó la mano con un movimiento impulsivo y los chícharos volaron de la lata en una masa pegajosa y babosa. Cayeron sobre la estufa y la mesa de cocina, y escurrieron al piso—. ¡Vino tu maestra y me contó todo! ¡Me has vuelto a decepcionar! Oh, Simón, ¿por qué lo haces? ¿Por qué?

Los ojos de Simón estaban tan abiertos como su boca. Estaba completamente horrorizado.

—¿Qué maestra? —preguntó, jadeante—. ¿Quién?

—¡No importa quién! Pudo haber sido cualquiera, ¿no? ¡Me has estado mintiendo, has vuelto a mentir! ¡¿Qué has estado haciendo, muchacho del demonio?!

—¡Nada! —gritó—. ¡Nada! ¡Nada! ¡Nada! ¡¿Por qué no me crees, por qué le crees a esa vaca?! ¡Ellos me han estado molestando a mí, no yo a ellos!

—¡Mentiroso! ¡La mujer vino a verme en su auto! ¡Dijo que habías vuelto a las andadas! ¡Buscapleitos!

Sólo podía tratarse de la señorita Shaw. La señora Mason golpeó la lata sobre la mesa y Simón se acobardó, retrocediendo hasta el marco de la puerta. Ella se llevó la mano al pelo, salpicándose del agua verde de los chícharos, y él se apartó más, deslizándose de espaldas a la pared. No estaba asustado: seguía horrorizado. Sólo podía tratarse de la señorita Shaw, y había dicho que era una vaca, pero no era lo que pensaba de ella. De algún modo, por improbable que fuera, pensó que estaba de su lado. Estaba equivocado.

Cualquier peligro de que su madre lo golpeara había pasado. Se había quedado inmóvil, con el brazo cubierto de chícharos y baba, exhausta.

—¿Por qué lo haces, cariño? —preguntó—. ¿Por qué me haces esto, Simón?

Él se volvió y echó a correr hacia la calle. No entró en la mina, sino que subió la colina donde se había cavado el pozo. Se arrastró bajo un arbusto y miró el mar por entre las ramas espinosas. Había algunos veleros multicolores, pero no le interesaban.

Pensó en Diggory.

En el terreno previsto, Ana y Rebeca llevaron a cabo el juicio, y Simón fue sentenciado —en ausencia— a una buena paliza. David, que para entonces estaba seguro de que todo acabaría mal, se pasó todo el juicio mascullando y enfurruñado.

—¡Si no vas a participar, cállate! —dijo Ana en cierto momento—. Estás arruinando todo.

—Tú también acabarás en el banquillo de los acusados —advirtió Rebeca—. Y en tu caso, quizás reimplantemos la pena de muerte. Si estiramos un poco nuestro alegato.

—¡Mejor le estiramos el pescuezo! —propuso Ana—. Mira, David, todo esto es bastante legal. Se puede juzgar a alguien cuando viola su libertad provisional y huye.

David pensaba en secreto que si usaran un poco la cabeza descubrirían sin mayor dificultad a dónde había huido Simón. Hubiera apostado cualquier cosa a que estaba escondido en la mina; después de acecharlo algunas veces, sabían que acostumbraba ir a jugar allí, solo. Pero si podía evitarlo prefería no involucrarse más en el llamado juicio. Hacía tiempo que se había esfumado cualquier diversión que pudiera sentir en atormentar a Simón.

En realidad no era muy divertido, ni siquiera para las niñas. Jamás se les ocurrió que él no fuera a llegar, nunca imaginaron que tuviera el valor de desafiarlas. Cuando terminaron de sentenciarlo fueron hasta donde estaba David.

—Lo lamentará —sentenció Ana—. Propongo que le demos un castigo adicional por esta molestia, por hacernos perder el tiempo: tres quemaduras chinas, hasta que llore. ¿Y a ti qué te pasa, pequeño aguafiestas?

David pateaba el pasto. Se veía preocupado.

—Creo que es una tontería —dijo—. Ya tenemos bastantes problemas con haber matado al gerbo. Hay que dejarlo en paz.

Las niñas se le fueron encima, empujándolo para atrás, hacia los arbustos.

—¿Qué? —rugió Rebeca—. ¿Quién mató al gerbo? Nosotros no lo matamos, ¿verdad?

—Dejamos la jaula destapada, ¿no? Si alguien se entera...

Ana le daba piquetes en el pecho con un dedo.

—Si alguien se entera —dijo, acompasando sus palabras a los piquetes—, sabremos quién nos delató, ¿verdad? Así que mantén la boca cerrada, David.

—En verdad eres estúpido —agregó Rebeca—. Hicimos lo que teníamos que hacer, nada más. ¿Qué no entiendes? El bobo de Simón le pegó a Ana y no le hicieron nada. Es más, lo premiaron. ¿A eso le llamas justicia? ¿Te parece justo?

Pues tampoco fue justo para el pobre gerbo, pensó David. Pero los piquetes de su hermana lo lastimaban. Eran muy agudos.

—¿Y bien? —preguntó Ana—. ¿Te parece justo?

—No —respondió David.

—No. Muy bien. Y que no se te olvide jamás. ¿Quién mató al gerbo, David?

—Simón.

—Muy bien. Y mañana... él lo va a pagar. ◆

Capítulo 11

◆ SI SE le hubiera ocurrido algo, Simón no habría ido a la escuela al día siguiente. Cuando su madre lo llamó desde la escalera no se despertó, y cuando entró en su cuarto tuvo que sacudirlo.

—¡Simón! ¡Simón! ¿Qué tienes?

Poco a poco salió de un estado de sueño profundo. Sentía la cabeza pesada, como si estuviera agripado. Desde el instante en que despertó, sintió una punzada de temor. La noche había estado plagada de pesadillas horribles, aterradoras, en las que trataba de salir de un terreno subiendo por calles muy empinadas, pero se caía una y otra vez. Entre un sueño y otro pasó lo que parecieron horas despierto, pero en cuanto se quedaba dormido, volvían las pesadillas.

—¿Estás enfermo? —preguntó su madre—. Te ves muy pálido. Ay, Simón, te hubieras tomado tu té.

La noche anterior había vuelto a casa bastante tarde. Por primera vez en su vida le guardó rencor a su madre, no quiso hacer las paces al regresar, ni cenar.

—No pude dormir —le respondió—. Tuve pesadillas. Mamá, ¿puedo faltar a clases?

Era difícil. Si él faltaba, ella también tendría que faltar al trabajo y no se lo podía permitir.

—Ya sabes que no te puedo dejar aquí solo todo el día —dijo—. ¿Qué tal si se entera la señora Sampson?

Habían tenido algunos problemas con los vecinos. En una ocasión, cuando Simón era más pequeño, la señora Sampson había llamado a la trabajadora social, y había acusado a la señora Mason de abandono.

—No se enterará —suplicó Simón—. Por favor, mamá. Sólo por esta vez. Te prometo no moverme, quedarme todo el día en la cama.

Su madre tomó una actitud más enérgica. Le puso la mano en la frente y, por desgracia, la tenía fresca.

—No. Lo siento, cariño. Ojalá se pudiera, pero hay muchas cosas en juego. Si la señora Sampson...

—¡Te aseguro que no se dará cuenta!

—Pero qué tal que sí. Además ya nos visitó una maestra esta semana. Todavía no sé muy bien por qué. ¿Qué pasaría si te dejo faltar? A lo mejor viene otra. La encargada de ver por qué faltan los niños. Simón..., ¡no!

Se sentó en la cama, suplicante. Pero el rostro de su madre permanecía hermético y ya no insistió. Se volvió a recostar, despacio, tallándose los ojos cansados.

—Es que hay unos niños... —empezó.

—No empieces con eso —lo atajó. Miró su reloj—. Simón, tengo que irme al trabajo y tú tienes que ir a la escuela. Voy a prepararte el desayuno. Ya levántate.

Se volvió para salir.

—No debí haberte mentido —dijo Simón en voz baja—. Sí hay unos niños. Me atraparán. No debí decirte todas esas cosas.

Su madre, a punto de salir, volteó a verlo y asintió.

—Es una lástima, ¿verdad?

En casa de los Royle, David se encontraba quizás en peor estado que Simón. Él también había pasado una noche de pesadillas, aunque las suyas habían sido sobre escarmiento y castigo. Dormido o despierto, estaba obsesionado con la idea de que estaba metido en algo malo, y que muy pronto lo descubrirían. Ana lo sacó de la cama a jalones, sin una pizca de la conmiseración que mostró la mamá de Simón, y le hizo una severa advertencia.

—Óyeme bien, gusano —le dijo—. Si crees que te vas a librar de ésta, estás muy equivocado. Una palabra del asunto a cualquiera, el más mínimo lloriqueo a mamá... y estás muerto, ¿entiendes? ¿Entiendes?

David, en piyama, asintió abatido. Su hermana era demasiado grande, demasiado segura de sí misma, demasiado despiadada. Empezó a entender lo que debía sentir a veces Simón Mason...

Abajo, en el desayuno, la señora Royle se percató de su estado enseguida. Antes de que su hijo levantara la cuchara, supo que algo le pasaba.

—¿David? ¿Estás bien, mi amor? Te ves un poco... raro.

A su lado, Ana le hacía señas de advertencia. David no levantó la mirada de su tazón, pero dentro de él brotó una oleada de autocompasión. Las hojuelas de maíz se desdibujaron conforme los ojos se le fueron llenando de lágrimas.

—¡Qué te pasa, mamá! —dijo Ana, en son de broma—. Está perfectamente.

—¿David? —repitió su madre.

—Sí —musitó—. Bueno. No, estoy bien, mamá. Es que no pude... no dormí muy bien, eso es todo.

—Válgame, pues eso no está bien. ¿Por qué no te tomas la mañana y descansas un poco? Yo te llevo más tarde.

—¡Mamá! ¡No exageres! —Ana azotó su cuchara, salpicando de leche el mantel. Cuando se inclinó hacia adelante para limpiarlo, murmuró un "¡no!" feroz al oído de David y la sonrisa que empezaba a dibujarse en su rostro desapareció.

—Ana, qué torpe eres —dijo la señora Royle—. ¿Por qué te parece exagerado? No creo que perder una mañana de clases vaya a afectar su educación.

—Porque no es cansancio —arguyó Ana—. Es un pretexto.

Pensó que ésa era la única forma de salvarse. Si su madre lo mimaba un poco más, David soltaría la sopa. Su padre apareció en la puerta, anudándose la corbata y atento a la conversación. Su madre se había puesto muy seria.

—¿Un pretexto para qué, David? —preguntó ella.

Todavía era muy pronto para dejarlo responder. Ana se impacientó:

—Ay, ya sabes. Otra vez ese niño. Simón Mason. Tiró los sándwiches de David al césped. No fue nada serio, pero David es un llorón. Pregúntale.

—Eso quisiera —dijo su madre—. Deja de interrumpir para que pueda hablar.

Sonrió sin querer. Creyó haber descubierto a su hija. Conque se llama Simón Mason, ¿eh? Lo recordaría. A su hijo le preguntó:

—¿Es cierto, querido? ¿Cuándo ocurrió eso?

Su padre había volteado una silla y se había sentado apoyando los antebrazos en el respaldo, interesado.

—No fue nada —murmuró David, tratando de adivinar lo que Ana quería que dijera—. Chocamos a la hora del almuerzo y salí volando. No soy ningún llorón.

Ana sonreía, satisfecha. Nada parecido a la segunda Guerra Mundial, ¿verdad? Su padre le guiñó un ojo.

—Casi suena como un accidente —dijo.

—Tú no te metas —prorrumpió la señora Royle—. No entiendes de esto. Pues hasta aquí llegó ese muchacho, hay que detenerlo. Voy a hablarles por teléfono.

—¡Ay, mamá! —exclamó Ana, completamente exasperada—. ¡¿Qué no entiendes?! Si David tiene que llamar a su mamá para que lo defienda del bobo de Simón, va a ser diez veces peor. Entonces sí que se van a meter con él, en vez de molestarlo un poco: va a ser el hazmerreír de todos. Por favor, déjanos tranquilos, nosotros nos las arreglamos.

La señora Royle miró a David, y éste, apesadumbrado, respaldó a su hermana. La señora Royle hizo un gesto de resignación.

—Bueno —reflexionó el señor Royle, mientras acomodaba la silla al ponerse de pie—. En resumidas cuentas, querida, creo que más vale que sigamos el consejo de los niños. Quién va a saber mejor que ellos.

Salió del desayunador, sonriendo para sus adentros. Ana se acercó a su madre y la tocó en el hombro, cariñosa.

—Por favor no te preocupes, mamá —le dijo—. Son cosas de niños. Simón es un idiota. Es sumamente pesado.

—Es un retrasado —agregó David, con resentimiento.

Y la señora Royle lo regañó por usar ese "lenguaje cruel y tonto", lo cual la hizo sentirse un poco mejor, pero no mucho.

Al menos sé su nombre, pensó mientras iba por su abrigo. Ya es algo.

—¿Qué vas a hacer? —preguntó Brian. Esa mañana había esperado en una esquina, en su conjunto deportivo, a que Louise pasara por él en su auto.

—¿Qué debo hacer? —respondió Louise—. ¿Hablar con él? ¿Hablar con ellas? ¿Hablar con Beryl Stacey? ¿Tirarme por la ventana? Te juro que no lo sé.

—Con lo de los sándwiches Beryl estuvo de lo más chistosa —comentó Brian—. Armó un alboroto, como si Simón hubiera hecho algo de veras malo. Como si hubiera tratado de matar al chico Royle de hambre. ¡Sólo Dios sabe qué hubiera hecho si le llego a contar lo de la piedra!

Estaban detenidos en un semáforo. Louise estiró la mano y la posó sobre el brazo de Brian.

—Gracias por no decírselo —expresó—. Creo que no tendrás de qué arrepentirte. De verdad no creo que sea un mal muchacho.

—Y yo creo que tú estás chiflada —concluyó Brian.

Pero la señora Stacey tenía algo preparado. Antes de empezar la asamblea, anunció que más tarde haría un anuncio importante. A lo largo de los asuntos de esa mañana, de la oración y de los avisos, estuvo sentada, firme, en su silla de respaldo recto, con una expresión feroz y solemne. Cuando se agotaron los asuntos, se puso de pie y caminó lentamente al atril.

Aunque la señora Stacey era bastante bajita, podía parecer muy amenazadora. Era ancha y musculosa, más bien robusta que gorda.

Tenía el pelo muy rizado y los músculos de la cara tensos. Antes de empezar hizo una larga pausa, durante la cual los niños se movieron en sus asientos, intranquilos.

—Niños —arremetió—, en esta escuela están sucediendo cosas que me hacen avergonzarme de ser la directora. En esta escuela están sucediendo cosas que sólo se podrían esperar de niños malvados, desconsiderados y estúpidos. En esta escuela están sucediendo cosas que no pienso tolerar.

Podía oírse hasta el zumbido de una mosca. Ninguno de los niños se atrevía siquiera a parpadear, todos los ojos miraban al frente. En la tarima, los maestros estaban igual de quietos, sus rostros rígidos y sombríos.

—Buscapleitos —continuó la señora Stacey—. Ésa es la palabra que he estado escuchando. Actos de violencia irracional, amenazas, vandalismo mezquino y estúpido. Al principio no lo podía creer. No daba crédito a lo que escuchaba. Incluso ahora me cuesta trabajo creer que eso esté pasando aquí en el Colegio Saint Michael, por sobre nuestras tradiciones. Así que les hago una advertencia ahora, en vez de cualquier castigo.

Un suspiro apagado brotó de muchas gargantas a través de las hileras de niños. ¡Santo cielo!, pensó Louise, es imposible que todos se sientan culpables. Pero al mirar sus rostros, eso parecía. Entre los niños más grandes había un puñado que empezaba a mostrar una sonrisa estrecha y dura, pero era sólo un puñado. La mayoría seguían atónitos y mortificados.

Conforme se prolongó el silencio, la señora Stacey miró de reojo hacia las hileras de profesores sobre el entarimado, de izquierda a derecha, y Louise bajó la vista. La directora volvió su mirada a la sala, su redondo rostro más bien complacido. Podía ver que los niños sufrían, que digerían sus advertencias, que temían lo peor, fuera lo que fuese. Buscó a Simón Mason y vio que la miraba fijamente, con el rostro tieso por la expectación, como si esperara que en cualquier momento dijera su nombre. Aunque se hallaba a sólo ocho lugares, no vio a David Royle, porque estaba completamente encorvado, blanco de angustia, agarrando inconscientemente la parte delantera de sus pantalones con ambas manos. Para David, las palabras de la directora eran como flechas certeras apuntadas a su corazón, al secreto de su vergüenza. A ella le hubiera sorprendido saberlo.

—Bien —prosiguió la señora Stacey—. Creo que ya me entienden. Estoy orgullosa de esta escuela, y quiero que ustedes también lo estén. No les pido nada difícil, como ya les he dicho, simplemente es cuestión de buen comportamiento y mejores modales: actitud. No tengo ninguna intención de mencionar nombres el día de hoy, ése no es mi propósito. Los culpables saben quiénes son, y pueden estar seguros de que yo también lo sé. Por el momento sólo quiero decirles esto: si quieren buscar pleitos o hacer trampas... éste no es lugar para ustedes. Éste no es el lugar, y no serán tolerados, sean quienes sean. ¿Entendido?

Nadie respondió (nadie esperaba que alguien lo hiciera) y la señora Stacey se hinchó frente a sus ojos, como una criatura espeluznante y furiosa.

—¿Entendido? —vociferó—. ¡Respóndanme!

Hubo un coro disonante. Apenas si se escuchó, pero con eso bastaba. La señora Stacey atravesó el entarimado y salió de la sala, dejando la conclusión de la asamblea al cuerpo de maestros. Los niños estaban mansos y callados, y no dieron problemas al encaminarse en filas a sus salones.

—Bueno —dijo Louise en tono sombrío a Brian—. Por lo menos no señaló a Simón como el asesino del pobre Diggory. Pensé que quizás lo haría. Voy a tener que hablar con él, y pronto.

—Sí —coincidió Brian—. ¿Pero qué vas a decirle? ◆

Capítulo 12

◆ LOUISE decidió que no sería muy buena idea señalar a Simón en tales circunstancias, así que no lo sacó de ninguna clase para hablar con él. Pero en cuanto sonó el timbre para el recreo, salió de su oficina y se dirigió al patio. Vio a Simón, él la vio a ella... y echó correr.

—¿Simón?

En un principio no gritó su nombre, porque no lo podía creer.

Después él se volvió, sin dejar de correr, y la miró directa e inconfundiblemente a la cara. Ella soltó un grito impresionante:

—¡Simón! ¡Simón Mason!

Algunos niños detuvieron sus juegos para ver, pero Simón había desaparecido tras la escuela. Sin decir una palabra más, la señorita Shaw volvió a entrar por la doble puerta, atravesó a buen paso el edificio por dentro y salió junto al salón de biología. Llegó justo a tiempo para verlo doblar la esquina, a diez metros, y caminar directo hacia ella. El susto en su cara resultaba cómico.

—¡No! —exclamó, cuando él empezó a volverse para huir de nuevo—. Un juego es un juego, Simón, pero si huyes ahora vas a tener problemas. ¡Estáte quieto!

Él se detuvo, contemplando el suelo bajo sus pies. Al acercarse,

Louise observó lo extraño y pálido que se veía, lo desdichado. De seguro los adultos ya lo habían asustado bastante por ese día, pensó.

—Simón —repitió, en una voz mucho más suave—. Sólo quiero hablarte. Las cosas se están saliendo de control, ¿no crees? Hablé con el señor Kershaw sobre lo que pasó ayer. Sobre lo de David Royle y los sándwiches. Tenemos que hacer algo.

Estaban cara a cara. Simón no respondió y Louise extendió la mano para tocarlo. Iba a levantarle la barbilla. Simón dio un respingo.

—Vamos —agregó—. No voy a castigarte. No voy a regañarte ni a echarte un sermón. Cuéntame, ¿qué pasó con los sándwiches? ¿Y la piedra?

Bajó la mano. Al ver esto, Simón levantó la mirada pero no la vio a los ojos. Su rostro se veía atormentado, como si tuviera que hacer un esfuerzo para no soltarse a llorar. De hecho, ni él mismo sabía bien lo que sentía. Estaba ofuscado. La bondad con que ella le hablaba era lo que más lo confundía.

Pero al final no respondió a esa bondad. Apretó los puños, alzó la barbilla bruscamente y le gritó al rostro sobresaltado.

—¿De qué sirve decirle? ¡De todos modos nadie me cree! ¿Qué caso tiene?

—¡Simón, Simón! —dijo Louise, pero no había manera de detenerlo. Su rostro se había puesto rojo, y tenía los ojos desorbitados y salvajes.

—¡Todos los niños dicen que yo maté al gerbo, y ahora la señora Stacey también lo cree! ¡Ya la oyó! ¡Me va a expulsar, pero yo no hice nada! ¡Usted hace como si me creyera, pero también piensa que soy un mentiroso! Y el señor Kershaw. ¡No aventé ninguna piedra, era para defenderme! ¡Me iban a pegar!

Aun detrás de la escuela, la señorita Shaw estaba muy consciente de que alguien los podía escuchar. No quería que eso ocurriera, quería proteger al muchacho de sus propias palabras. Hizo sonidos para acallarlo y alzó las manos para tranquilizarlo, aunque esta vez no trató de tocarlo.

—Bueno, ahora no te preocupes por eso —le dijo—. Tranquilízate un poco. No creo que tú hayas matado al gerbo, de verdad. Creo...

—Pero tampoco cree que hayan sido ellos, ¿verdad? Ahora me van a dar una golpiza. ¡Celebraron un juicio!

—¿Un juicio? ¡Simón, ya basta, por favor! ¡Estás diciendo disparates! Nadie te va a dar ninguna golpiza, no seas tonto. ¿Quién crees que te va a pegar, el pequeño David Royle?

Conforme la miraba, su desprecio empezaba a disminuir. Había pasado su arranque de gritos. Negó con la cabeza.

—No, David Royle, no: Ana Royle. Ana y Rebeca, ¿quién pensaba? Se la pasan molestándome. Siempre me están buscando pleito y se aprovechan de mí. Ya se lo había dicho, ¿no?

Sonó el timbre y Louise dejó que se fuera. Al rodear el edificio, se topó con Ana y Rebeca, quienes se dieron tiempo para arrinconarlo antes de que empezara la siguiente clase y reclamarle su ausencia la tarde anterior. Fue un encuentro breve y despiadado.

—Te sentenciamos —dijo Ana, con una extraña sonrisa en los labios—. Te encontramos culpable y elegimos un castigo adecuado. Te lo vamos a dar después de clases, ¿entendido?

Rebeca también sonrió.

—Si tratas de escapar —dijo—, peor para ti, mucho peor. Esta vez se lo contaremos a nuestros padres. Lo de las piedras que nos aventaste y todo.

—Mi papá es abogado —agregó Ana—. Ya lo sabes, ¿verdad? Dijo que estás en problemas, Simón. En muy muy serios problemas.

Lo pellizcó fuerte, lastimándolo, para que entendiera el mensaje.

Linda Mason, la madre de Simón, llamó a la escuela a la hora de la comida para hablar con la señorita Shaw. Había pasado horas pensando qué decir, preocupada de no quedar como una tonta. Pero Simón había dicho que estaba enfermo, no quería ir a la escuela y había dicho que unos niños querían "atraparlo". ¿Todo esto qué demostraba? Muy poco. Pero la señorita Shaw parecía una mujer amable, comprensiva. Seguramente no le importaría charlar un poco del tema. Valía la pena arriesgarse.

Por desgracia, la señora Stacey también quería hablar con Louise Shaw, y Louise —que lo sabía— había salido de la escuela al terminar las clases matutinas con el pretexto de llevar su auto a reparar. La secretaria que respondió a la llamada de la señora Mason le explicó esto, y le preguntó si gustaba dejar un mensaje. La señora Mason no supo qué hacer, le dijo que no se molestara y que quizás volvería a llamar, que no era nada importante.

Pasó varios minutos tratando de decidir si debía caminar al Saint Michael para ver si Simón estaba bien. Pero decidió que eso sí era una tontería, se pondría furioso. Aún preocupada, puso a hervir agua para una taza de té.

En el receso de la tarde, Louise —bastante a propósito— se ocupó de acorralar a David. No era tan vivo como Simón, y aún no era tan desconfiado. No se dio cuenta de que iba tras él hasta que se vio atrapado. Lo llevó amablemente detrás de uno de los edificios, donde estaban los botes de la basura y los niños tenían prohibido jugar. Él miró anhelante hacia donde corrían los otros y hacían ruido, y se rindió. Aún no tenía la menor pista de que los próximos minutos podrían ser terriblemente difíciles.

—Y bien, David. Vaya regañiza que nos dio la señora Stacey en la mañana, ¿verdad?

Parpadeó. Era una pregunta típica de maestra. ¿Qué quería que le dijera?

—Sobre los niños abusivos, sobre los buscapleitos —prosiguió ella—. A ti te han molestado, ¿verdad? ¿Tú qué opinas?

Empezó a sentir que el pánico lo inundaba. ¿Lo habían molestado? ¿Cuándo? ¿De qué estaba hablando?

—Está bien —respondió.

—¡Qué! ¿Que te molesten? ¿Está bien?

—No me importa —dijo—. No mucho, ¿sabe?

Mascullaba, con la mirada gacha. Ana lo mataría si supiera que había estado hablando con la bruja por su cuenta. Le había advertido que la evitara a toda costa.

La señorita Shaw esperó.

—Sí te han molestado, ¿no es así? —preguntó—. ¿Sabes a qué me refiero, David?

Observó fascinada cómo se iba sonrojando: un leve rubor le corría por las sienes y las orejas. Se encorvó aún más, sumiendo la barbilla en el cuello.

—Tus sándwiches —siguió—. ¿Te supieron ricos, así todos lodosos? Bueno, no podrás negar que te estaban molestando, que se aprovecharon de ti, ¿verdad? A eso se refería la señora Stacey. ¿O creías que estaba hablando del gerbo?

Louise pensó por un momento que en realidad no debería hacer esto. Era otra forma de acorralar a un niño y aprovecharse de él. No le hubiera funcionado con Ana ni con Rebeca porque ellas habrían sabido exactamente cómo manejar la situación. Atacaba el eslabón más débil.

—Te metiste al centro de materiales, ¿verdad? —soltó de pronto—. ¿Ibas con Ana y Rebeca o entraste tú solo?

Levantó la cara de inmediato.

—¡No!

Sus ojos resplandecían de terror. Apretó los dientes para evitar que se le fuera a salir algo más. Después de uno o dos segundos, negó con la cabeza.

—Nunca —dijo—. Nunca entramos allí. Pregúntele a Ana, señorita. Pregúntele a Rebeca. Fue culpa de Simón, no nuestra, fue Simón. Pregúnteles a Ana y Rebeca.

Louise no podía continuar. Cualquiera podía ver que David no era el culpable aunque hubiera estado involucrado. Curiosamente, le recordaba a Simón.

—Bueno, te puedes ir, David. El recreo terminará pronto. Anda, corre a jugar con tus amigos.

No corrió, caminó. Al verlo, Louise pensó con tristeza que irradiaba temor y desdicha, y se dio cuenta de que necesitaba hablar con un amigo. Quizá Brian tuviera una opinión sensata.

Pero a fin de cuentas, Louise no habló con Brian sino hasta después de haber tomado una decisión y de haber hecho lo que creía correcto. También tuvo un breve enfrentamiento con la señora Stacey, algo desagradable. La directora le preguntó fríamente si ya había aceptado el hecho de que Simón era un buscapleitos, y cómo pensaba castigarlo. Louise se mordió un labio y dijo que sólo pensaba en eso.

Al final de la tarde fue a las canchas, ubicando a Brian por su brillante conjunto deportivo azul. En ese momento no tenía clase y estaba dominando un balón. Al verla, alzó las cejas.

—Setenta y ocho, setenta y nueve, ¡ochenta! —dejó que el balón cayera al césped—. ¡Si no me hubieras interrumpido, habría hecho cien!

—Ay, cállate —respondió—. Esto es serio.

—Bueno, si tú lo dices. Mira, en un minuto tengo que ir a hacer unas llamadas. Las he estado posponiendo.

Louise resopló.

—Yo acabo de hacer una —dijo—. Voy a ver a una madre después de clases. Está que echa humo.

—¿La señora Mason?

—Peor. La mamá de Ana y David Royle. Probablemente venga con la madre de Rebeca, y con un abogado, a juzgar por lo que me dijo al teléfono.

Brian levantó el balón con una de sus enormes manos y se lo metió bajo el brazo. Empezó a caminar hacia la escuela.

—Suena mal. ¿Por qué te llamó? ¿Los niños se han quejado de nuestro querido Simón?

—No escuchas. Dije que yo la llamé. La llamé por el asunto de los pleitos. Le dije que era muy difícil definirlo, pero que estaba preocupada porque algo está ocurriendo.

—Un momento. ¿Qué dices? ¿No habrás sugerido que sus preciosos hijos...? ¡Fiu!

Louise pateó un terrón, salpicándose de lodo zapatos y medias.

—No me dejó. No es que haya saltado hasta el techo, pero su voz era como ácido. Dijo que sabía todo sobre los buscapleitos, y que ya había llegado demasiado lejos. Que sus hijos le rogaron que no interfiriera para no crear problemas, que se habían portado de manera totalmente noble. Ésas fueron sus palabras exactas. Pero que ella es su madre y había llegado el momento de no hacer caso a su petición. Va a venir después de clases. Lo más cerca de las cuatro que pueda llegar.

Habían caminado hasta el final del césped y se detuvieron un momento antes de pisar el pavimento.

—En fin —concluyó Brian—. ¿Será muy malo, a fin de cuentas? Si ella no se hubiera decidido a hacer algo concreto, supongo que Beryl Stacey lo habría hecho bastante pronto. Y aunque no te guste, si el pequeño Simón sigue usando piedras y cosas... Louise, podría acabar siendo un problema muy serio.

—No es él —respondió—. Hablé con él, Brian, y hablé con David Royle. Puedes burlarte si quieres, pero estoy segura. También fueron ellos los que mataron al gerbo. Los Royle y Rebeca. Por lo menos los que dejaron la jaula destapada.

—Ay —dijo Brian—. Y va a venir la señora Royle, ¿verdad? Y le vas a decir eso. ¡Ay!

—No me crees, ¿verdad?

Botó la pelota una vez, sobre el suelo duro del patio.

—El problema no soy yo, ¿o sí? —preguntó—. ¿Tienes alguna prueba?

—No —respondió Louise Shaw. ◆

Capítulo 13

◆ LA HUIDA de Simón sorprendió a Ana y Rebeca la tarde anterior, pero ahora estaban decididas a no dejarlo salirse con la suya. Los últimos cinco minutos de la última clase estaban insoportables: brincaban para arriba y para abajo como yoyos, miraban por las ventanas, cuchicheaban entre sí e intercambiaban miradas de angustia. Su profesor, el señor Bailey, les llamó la atención un par de veces, aunque sin enojarse. A sus ojos, Ana Royle era incapaz de hacer nada malo.

Cuando el timbre empezó a sonar, salieron disparadas de sus asientos como pelotas de goma. Ana le pegó a otra niña y tiró algunos libros al piso.

—¡Ana! —gritó el señor Bailey—. Tranquila. ¿Qué prisa llevas?

—¡Perdón, señor! ¡Por favor, señor, nos podemos ir? ¡Es muy importante, señor, de verdad!

No esperó a que le dieran permiso. Se deslizaba hacia la puerta, empujando con sutileza, apartando a la gente de su paso.

—Bueno, váyanse las dos —concedió el maestro—. Más que niñas parecen bárbaros. ¡Cuidado, Danielle, que te van a aplastar!

Salieron disparadas del salón de clases, como balas de una ametralladora. Pero aunque habían sido rápidas, otros niños lo habían sido más. El corredor empezaba a llenarse y el ruido del parloteo iba en aumento. Ana y Rebeca corrieron, pero tuvieron que bajar la cabeza y empujar a varios para abrirse paso. Además la puerta de los niños pequeños, por donde tendría que salir Simón, estaba hasta el otro extremo del colegio.

—¡Diablos! —jadeó Ana—. Se va escapar. ¡Muévete! ¡Tú! ¡Por qué no te quitas!

Rebeca, que iba junto a ella entre la multitud cerrada, apartó a una niña con violencia.

—¡Nos esperará! —afirmó—. No se atreverá a huir después de lo de ayer. ¡Sabe que lo mataríamos!

Pero Simón no las esperó, ni las esperaría. Al primer zumbido del timbre que estaba afuera de su salón, corrió hacia la puerta. La señora Earnshaw, que seguía dando clases, jadeó atónita.

—¡Simón!

—¡Deténgalo! —chilló David Royle.

—¡Uyuyuyuyuy! —rugieron casi todos los demás.

Simón sabía que estaba en problemas, pero también sabía cuáles temía más. Quizá la señora Earnshaw le daría una regañiza al día siguiente o la señora Stacey lo amenazaría con todo tipo de cosas, pero ninguna le pondría un dedo encima. En cambio Ana Royle le aplastaría la nariz a la menor oportunidad. No iba permitirlo, no podía soportarlo. Corrió.

Antes de llegar a la puerta, David se paró frente a él, con una expresión de martirio y angustia en el rostro. Tenía que detener a Simón, pero no tuvo el valor de hacerlo bien. Al pasar volando junto a él, Simón reconoció su temor. Le dijo que no me dejara escapar, pensó... y me dejó. También a él le va a dar una paliza, ¡a su propio hermano!

—¡Simón! —repitió la señora Earnshaw—. ¡No te atrevas!

Simón se atrevió. Sin mirar atrás, abrió la puerta de un jalón.

—Ay, maestra —escuchó a David gimotear.

Se fue.

El corredor de ese lado de la escuela aún estaba vacío, así que Simón llegó a la salida en tiempo récord. Miró el patio y la cancha, pero no había nadie tan cerca como para amenazarlo. Antes de que su propio grupo hubiera llegado siquiera al corredor, él ya había salido por la reja doble. Trescientos metros más o menos hasta la reja principal y —esperaba— estaría a salvo.

Iba como a mitad del camino cuando Ana y Rebeca salieron al patio y lo vieron. Por un momento se desanimaron. Tenía la cabeza agachada y corría de prisa, como un pequeño tren. Se detuvieron un instante, pero luego la ira les hizo acelerar el paso. Ambas sentían que no tenía derecho a huir de ellas.

Ahora había espectadores. Los niños que Ana y Rebeca habían atropellado sabían que algo estaba pasando y no se lo querían perder. Cuando las niñas atravesaron corriendo el campo vacío las siguieron en masa, gritando. Este ruido fue lo que atrajo la atención de algunos maestros, entre ellos Louise. Miró por la ventana de su oficina, a las niñas y a sus seguidores, y alcanzó a distinguir a un niño pequeño que salía corriendo por la reja y a la calle. Un niño pequeño que sólo podía ser Simón Mason...

Brian también lo vio, desde su puesto en el extremo más apartado de la cancha. Una persecución, una cacería, un grupo desordenado de niños que corría desde el edificio principal de la escuela. Pitó para terminar los partidos y mandó a todos al vestidor; después empezó a trotar hacia donde ocurría la acción. Estaba muy lejos para distinguir quién perseguía a quién.

Ana y Rebeca oyeron que la señorita Shaw las llamaba: su voz era inconfundible. Desde luego, no le hicieron caso aunque Rebeca volteó hacia atrás. La subdirectora estaba parada afuera de la puerta doble, con las piernas en compás y la mano en alto. Algunos de los seguidores más rezagados desistieron de la persecución.

—¡Vamos! —gritó Ana, que ya había llegado a la reja—. Diremos que no la oímos. ¡Ya estamos muy lejos! ¿Dónde está? ¡Allá va!

Por desgracia, Simón seguía visible... apenas. En el momento en que Ana señaló, dio vuelta a la derecha, apartándose de la calle principal, y desapareció. Medio segundo más y las hubiera perdido.

—¿Adónde va? —preguntó Rebeca.

Lo sabía, las dos lo sabían. La colina se erguía empinada a su derecha, sobre los árboles y las casas.

—A la mina —respondió Ana con voz sombría—. Se la pasa allí, ¿no? Allí ha de haber estado cuando celebramos el estúpido juicio.

—Qué espanto —dijo Rebeca—, nunca se me hubiera ocurrido. No pensarías que tuviera las agallas.

Aunque la mina era un lugar completamente prohibido, ellas habían entrado antes, desde luego. En uno u otro momento, casi todos los niños del Saint Michael se habían arriesgado a entrar, por lo general para demostrar su valor. Llevaba varios años en desuso y la cerca, e incluso la enorme reja de entrada, habían empezado a pudrirse. Según contaba la leyenda, una vez se habían matado unos muchachos que buscaban nidos de pájaros, y de vez en cuando la señora Stacey lanzaba sombrías advertencias sobre los peligrosos túneles y la maquinaria vieja y oxidada. Si alguien era sorprendido entrando a la mina, advertía, las consecuencias serían terribles.

Simón, que desde hacía mucho le había perdido miedo al lugar, estaba seguro de que Ana y Rebeca no lo seguirían aunque adivinaran que estaba allí. Se metió por su agujero favorito y contempló el inmenso rostro blanco de cal con una poderosa sensación de alivio. Era un lugar callado, apartado del chillido de las grullas y con una atmósfera de quietud que amaba. Lentamente, el pánico le fue pasando.

Pero tampoco era tan tonto para quedarse allí, a la vista. Recuperó el aliento un poco y se agachó bajo una pared medio desmoronada desde donde podía ver la reja y la calle de acceso. Con absoluto pavor vio cómo Ana y Rebeca doblaban en la esquina y corrían —sin la menor vacilación— hacia la entrada de la mina. Por un momento se quedó petrificado, después dio media vuelta y salió despavorido. De pronto se dio cuenta de lo que había hecho. Estaba en un lugar solitario y aislado, donde no había absolutamente nadie que pudiera ayudarlo. Si lo agarraban, estaba perdido.

Al llegar a la reja, las niñas se detuvieron. Para ellas la mina no era un lugar de paz y refugio, era un tiradero. El ladrillo de los edificios se había blanqueado por años de polvo calizo, y tenía manchas de óxido por todas partes. Había una grúa medio ladeada, con el brazo roto doblado de manera grotesca sobre un vagón de ferrocarril. Entre los montones de escombro, crecían mechones aislados de pasto. Y entrar significaba problemas.

—Vamos —dijo Rebeca, vacilante—. No vale la pena. Ni siquiera sabemos si entró. Mejor vámonos.

Ana le respondió con desdén.

—¿Y entonces dónde se metió? Eres una miedosa. Nadie nos va a encontrar.

—¿Dónde está David? —preguntó Rebeca, sin lógica—. ¿No deberíamos haberlo esperado?

Ana pasó por alto el comentario. Sacudió las rejas hasta que empezó a caer óxido.

—Mira —dijo—. La cadena está completamente podrida. Con un buen empujón se rompería.

—¡No! ¡Es propiedad privada! ¡Oh, Ana, no lo hagas!

Pero Ana lo hizo, y las enormes rejas se abrieron con un rechinido. Tomó a su amiga de la manga y la arrastró hacia adentro.

—¡Tú ve por allá y yo buscaré por aquí! Mira en todos los cobertizos y cosas, no ha tenido tiempo de encontrar un buen lugar. ¿Ves esa cosa grande de fierro que está hasta allá? Si no lo encontramos, nos reuniremos allá.

Rebeca pudo haber protestado, pero no tuvo oportunidad. Ana corrió a buscar tras un montón de escombro de cal, ansiosa como un sabueso. Se detuvo un instante y también empezó a buscarlo. Albergaba la esperanza secreta de que no lo encontraran. Sabía que se estaban metiendo en serios problemas. Ser la mejor amiga de Ana Royle podía llegar a ser...

Entonces se escuchó un grito y el corazón de Rebeca empezó a latir con fuerza. Era la voz de Ana, rebosante de triunfo.

—¡Aquí! ¡Aquí! ¡Rebeca!

Olvidadas sus dudas, Rebeca corrió hacia el sonido. Ana estaba parada sobre un montón de chatarra, señalando. A unos cien metros, bajo el muro vertical de cal, había una estructura metálica negra, una especie de puente con una grúa corrediza. Trepado a mitad del camino, a plena vista, estaba Simón, aferrándose.

—¡Lo tenemos! —gritó Ana—. ¡Atrapado como una rata! ¡Qué tonto, qué imbécil, pero qué idiota!

—¡Como un mono encaramado en su poste! —gritó Rebeca—.

¡Eres muy torpe para hacerla de mono, Simón! ¡Te vas a caer y te vas a romper el cuello!

Mientras gritaba, Simón empezó a resbalar.

En la escuela, David había observado la persecución —primero a Simón, después a su hermana y Rebeca— y su angustia crecía a cada instante. Primero había decidido quedarse adentro, pero la multitud de niños que salían a empujones lo arrojó al patio. Vio a la señorita Shaw salir corriendo, dando de alaridos, y a la señora Stacey salir de prisa y hablar con varios maestros. Sin embargo, no vio al señor Kershaw, que venía corriendo por otro lado.

—¡Es tu hermana! —le dijo alguien, emocionado—. ¡Le va a pegar a Simón Mason! ¿No le vas a ayudar?

Ése era el problema. No quería, pero tenía que hacerlo. Ya era bastante malo que hubiera dejado que Simón se escapara, ya le tocaría un buen escarmiento por eso. Pero si no se presentaba a la ejecución... El problema eran los maestros. Estaban por todas partes, tratando de ordenar ese caos, discutiendo y gritándoles a los niños. Era imposible llegar hasta la reja.

Se le ocurrió a David que si hacía un rodeo, si se separaba de la multitud, quizá podría llegar a una reja más pequeña que había en la cerca de alambre. Con un poco de suerte, quizá pasara inadvertido. Como el miedo crecía a cada instante, echó a andar de inmediato. No se daría tiempo para cambiar de idea.

Al principio iba bastante bien. Nadie lo vio rodear la escuela, nadie le gritó cuando empezó a correr. Después de unos cien metros, empezó a sentirse emocionado y miró hacia atrás. Nadie lo perseguía.

Luego, frente a él, vio el conjunto deportivo del señor Kershaw, de un azul llamativo, violento. Corría un tramo largo en diagonal; al parecer iba a reunirse con la señorita Shaw en la reja principal. Pero cuando David lo vio, él vio a David y cambió su trayectoria ligeramente. David cambió su propia dirección, para esquivarlo, y el profesor de deportes rodeó un poco más para atajarlo. David sintió un peso de plomo frío en el estómago y se detuvo por completo. Se volvió, como si fuera a echar a correr en dirección opuesta, y miró hacia atrás. El señor Kershaw, atlético y veloz, lo alcanzaba. David notó cómo sus tenis levantaban pequeños terrones por la fuerza de sus piernas.

—¡David! —la voz del señor Kershaw era muy aguda. Ni siquiera jadeaba—. ¿Adónde crees que vas? ¿Qué está pasando?

Todo empezó a acumularse y de pronto se sintió perdido. El poco control que le quedaba se perdió por completo. No vio la camioneta Volvo de su madre detenerse afuera de la reja, no vio a la señora Royle y a Abril Tanner bajarse y azotar las puertas. La vista se le nubló, los hombros le temblaban inconten。 iblemente.

Se deshizo en lágrimas. ◆

Capítulo 14

◆ SIMÓN se lastimó en la caída. Había sido quizás un metro, de una viga metálica a otra más baja, que le había pegado en el estómago de través. Le sacó el aire y sentía un dolor en las costillas inferiores, pero lo mullido de su estómago lo salvó de romperse algún hueso. Se sentía como una prenda de ropa recién lavada, colgada en un tendedero a varios metros del suelo. Pero aunque tenía los ojos húmedos del dolor, las vigas atravesadas por las que había trepado seguían pareciéndole filosas y mortales, suspendidas entre él y el suelo. A las niñas les pareció presa fácil.

—Más vale que bajes de una vez —le gritó Ana antes de que llegaran a la base del puente—. Baja de una vez a tomar tu medicina. ¿Está bien la nena? ¡Miren, la nena está llorando!

Rebeca se rió.

—¿Quieres que suba con un pañuelo, nena? ¿Quieres que suba a limpiarte la naricita?

De hecho, Simón se secó sus propias lágrimas, tallándose la cara con una mano, mientras se agarraba con la otra. La mano con que se limpió estaba pegajosa, cubierta de brea y aceite. Su ropa también. Todo estaba estropeado. Lo recorrió una oleada de odio por estas niñas.

Estaban abajo, mirándolo. Ana había visto cómo se había ensuciado y había tocado las vigas metálicas animada.

—Baja ya —ordenó, un poco como lo hubiera hecho una maestra—. Si tenemos que subir a traerte va a ser mucho peor, ya lo verás.

Simón puso ambas manos sobre la barra horizontal y subió hasta ella, balanceándose sobre una rodilla. Se tambaleó, pero logró asirse de un travesaño vertical y equilibrarse. Estudió el lugar de donde había caído. A dos metros estaba la plataforma adonde había querido llegar. A diferencia de las niñas, conocía el lugar. Conocía las rutas de escape.

Sin hablar, empezó a trepar hacia arriba nuevamente, con una velocidad que las sorprendió. Trepaba rápido y bien, para nada como el pelmazo torpe que lo consideraban. Empezaron a gritarle.

—¡Baja! ¡Te vas a caer! ¡No te saldrás con la tuya!

Cuando Simón llegó a la plataforma, se detuvo a tomar aire. Miró los rostros que lo veían, dirigidos hacia arriba, y deseó tener algo que aventarles, una piedra o un recipiente con aceite hirviendo. Pero al menos estaba seguro: jamás intentarían seguirlo.

—¡Está bien! —dijo Ana—. ¡Si así quieres jugar, amigo, vamos a subir por ti!

—¡Ana! —exclamó Rebeca angustiada—. ¡Nos ensuciaremos!

Ana dijo algo breve y grosero, con una expresión en la cara que hubiera podido matar. Se lanzó sobre los primeros travesaños, buscando de dónde asirse y en dónde apoyar los pies. Rebeca dio un paso atrás, sintiéndose tonta.

—¡Ay! —chilló—. ¡Ana, es demasiado tarde! Él se...

Ana saltó hacia atrás y cayó junto a ella, maldiciendo. Simón había dejado la plataforma y estaba parado sobre una barra de metal angosta que iba del puente a la superficie de cal. No parecía ser lo suficientemente ancha para soportar mucho peso.

—¡Va a caminar por la cuerda floja! ¡Se va a caer!

—¡Idiota! —gritó Ana.

Simón no se dio tiempo para pensar. A menudo se había preguntado si a los mineros les sería posible atravesar por esa barra que llevaba a uno de los angostos caminos que surcaban la cal; pero el equilibrismo no era su fuerte, ni siquiera en tierra firme. Poco después la estaba atravesando, tambaleándose, paso a paso, con los brazos estirados a los lados, como un títere demente. Estaba sobre el camino, con el rostro apretado contra la áspera superficie de cal, el corazón latiendo violentamente de susto.

¡Y de triunfo! ¡Lo había logrado! ¡Había hecho algo imposible!

Con cuidado se dio la vuelta, pegando ahora la espalda contra la cal dispareja, sintiendo una cálida brisa en el rostro. Podía ver toda la ciudad, podía ver la bahía; más allá el mar abierto, los botes y barcos. Miró hacia abajo y se le revolvió el estómago, parecía tan lejos. El reborde era angosto, y de pronto empezó a sentir que la cal le empujaba la espalda, como si tratara de aventarlo, de hacer que cayera por el despeñadero hasta donde las niñas lo miraban, aún mudas por su acto.

El camino se extendía a izquierda y derecha, angosto, desmoronándose, sin reja.

La sensación de triunfo se desvaneció rápidamente.

La señora Royle entró por la reja del colegio lista para pelear, y cuando vio a su pequeño llorando se puso furiosa.

—¡Allá! —le gritó a la señora Tanner—. ¡No lo puedo creer, Abril! ¿Qué le está haciendo ese hombre?

La señora Tanner vio a David y después buscó a su hija entre la multitud de niños que se hallaba más cerca de los edificios de la escuela. Había una gran confusión, una pelotera de niños y maestros, con la figura pequeña y robusta de la señora Stacey al parecer arengándolos a todos.

—¿Dónde está Rebeca? No las veo a ella ni a Ana por ninguna parte.

La señora Royle no la escuchó. Caminaba por el pasto, frenética, hacia su hijo. El señor Kershaw la vio acercarse y tocó a David en el hombro.

—Es tu mamá. Por el amor de Dios, sécate los ojos.

David miró hacia arriba y empezó a berrear más fuerte.

—¡Mamá! —sollozaba—. ¡Mamá!

—¡David! ¿Qué te están haciendo?

El señor Kershaw se sentía terriblemente incómodo. Pudo ver a Beryl Stacey sacudiendo los brazos, arreando a los niños de vuelta a la escuela para recoger sus abrigos, dispersándolos. Louise se había alejado de la reja y caminaba rápido hacia él. La señora Royle, con David a su lado abrazándola fuerte, se volvió a mirarla, enojada.

—¡Señorita Shaw! ¿Qué está pasando aquí? ¡Es como un manicomio y mi niño está llorando! ¿Quién es el responsable?

Louise, de cerca, se notaba tensa.

—Buenas tardes, señora Royle —empezó.

—¡Tonterías! —replicó la señora Royle, severa—. ¿Dónde está mi hija? ¿Por qué llora mi hijo? David, ¿quién te estuvo molestando esta vez? ¿Fue otra vez ese niño?

—¡Ay, por Dios! —dijo Louise, tajante.

—Por favor —exhortó el señor Kershaw.

La señora Tanner había llegado. Detrás venía la señora Stacey, tras dejar a otros maestros la tarea de poner en orden a los niños.

—Señoras —pidió Brian—. Por favor tranquilícense. Esto es cosa seria.

—¿Dónde está Rebeca? —preguntó Abril Tanner de manera agresiva—. ¿Dónde está ese pequeño buscapleitos?

—¡Miren! —estalló Louise—. ¡Cuando la llamé por teléfono, señora Royle, le dije que había dudas al respecto! ¡Le voy a suplicar que deje de hacer acusaciones!

—¡Ja! —siseó la señora Royle—. ¿Piensa negar la evidencia que tiene frente a sus ojos? ¡David está llorando! ¿Va a negar que Simón Mason está implicado?

La señora Stacey llegó jadeando, en el rostro mostraba una mezcla de ira y curiosidad.

—¿Alguien quisiera explicarme qué ocurre? —dijo—. ¡Señorita Shaw, recuerde su posición! ¡Perder los estribos no es profesional!

Louise tenía brillantes manchones rojos en las mejillas, pero se contuvo.

—Lo siento, señora Stacey, lo siento, señora Royle. Pero por favor entiendan que la situación no es tan sencilla como parece. Simón Mason...

La señora Stacey interrumpió.

—¿Está involucrado? ¿Entonces, dónde está? ¿Exactamente quién salió corriendo? Vi a Ana y Rebeca.

—¡Corriendo! —dijo la señora Royle horrorizada—. ¿Cómo? ¿A la calle?

—Corría tras Simón —dijo Louise—. Lo iba persiguiendo. Al igual que su hija, señora Tanner.

—¿Rebeca? ¿Pero por qué?

—¡Porque ya estarán cansadas de que las atormente, supongo! —replicó la señora Royle, furiosa—. ¡Porque se la pasa molestando a David! ¿Por qué lloras? ¿Es culpa de Simón Mason?

David soltó a llorar nuevamente y la señora Royle lo abrazó contra su estómago. Ahora Brian estaba muy apenado, y la señora Stacey se había puesto pálida de coraje contenido. Para ella, tener una escena así en público era motivo de consternación. No obstante los mejores esfuerzos de los otros maestros, los niños seguían ansiosos, tratando de asomarse.

—¡Ya basta! —atajó—. No pienso permitir escándalos en mi escuela. Señorita Shaw, dígame brevemente lo que ha ocurrido. ¡No, señora Royle, déjela hablar! Usted puede hablar después.

Louise controló su respiración con dificultad. Jamás había experimentado tal desagrado como el que sentía en ese momento por la señora Royle. Carraspeó.

—Hasta donde entiendo —empezó—, corría un rumor en el recreo esta mañana. Hablé con Simón Mason y me dijo que tenía miedo. Me dijo que Ana y Rebeca lo habían amenazado con darle una golpiza.

Por un momento aquello se volvió un pandemónium. La señora Royle y la señora Tanner empezaron a gritar a voz en cuello. Entre la mezcla de acusaciones y desmentidas, se escuchaba la palabra "mentirosa". Louise, pálida y decidida, no respondió a nada.

La señora Stacey mantuvo la mano alzada muchos segundos antes de que el ruido cesara. Cuando hubo silencio dijo:

—¿Le creíste, Louise? Simón Mason ha dicho mentiras antes.

—¡Es un mentiroso y un buscapleitos, todos lo saben! —dijo la señora Royle—. ¡Mis hijos ya me han contado lo que hace! ¡Me dijeron que inventa este tipo de acusaciones! Pero usted le cree a él, ¿no es así, señorita Shaw? ¿Le cree a un reconocido mentiroso antes que a nuestros hijos?

La voz de Louise era baja.

—No sé bien qué es lo que creo —respondió—. Todo este asunto es horrible. Pero vi que Simón salió de la escuela, perseguido por Ana y Rebeca, y no sé por qué. No creo que se trate simplemente de un niño que molesta a los demás.

—Cuando le pregunté a David —interpuso Brian rápidamente—, se soltó a llorar. Si eso significa algo.

—¡Significa que está aterrorizado! —gritó su madre—. ¡Todo este asunto está fuera de control! ¡Tuve que sacarles el nombre de Simón Mason casi por la fuerza! ¡Lo estaban protegiendo! ¡Y ahora ustedes se ponen de su lado! ¡Por eso está llorando David, señor! ¡Cualquiera estaría llorando!

Fue en este momento cuando se percataron de la presencia de Linda Mason. Entró por la reja principal, miró a su alrededor y vio el grupo de gente en la cancha. Cuando se acercó y escuchó lo que decían, empezó a tener miedo. Al verla, Louise se sobresaltó, tocó a la señora Stacey e indicó con la cabeza. Las dos madres furibundas también voltearon. Aunque no la conocían, no dijeron nada más.

—Señora Mason —dijo Louise débilmente.

—Pensé que más valía venir —acertó a decir—. Algo está pasando, algo le está pasando a mi Simón. Pensé que más valía llegar al fondo de esto.

La señora Stacey tosió, tapándose la boca con la mano.

—Sí —respondió—. Creo que quizá tenga razón. Estas señoras...

Linda Mason la interrumpió.

—¿Pero dónde está? —miró una y otra cara, y la verdad le cayó de golpe—. ¿Nadie lo sabe? ◆

Capítulo 15

◆ En la mina, Rebeca pensó, jubilosa, que Simón había ganado. Parecía la mejor salida para todos.

—Más vale que lo dejemos en paz —sugirió, con voz más bien quejumbrosa—. No hay modo de atraparlo allá arriba, no se puede. Alguien va a venir.

Ana no respondió de inmediato. Miraba hacia arriba y podía ver a Simón, muy alto, parado en el reborde. Aún tenía la espalda contra la cal, así que no lo veía muy bien.

—¿Por qué? —preguntó—. ¿Por qué habría de venir alguien? Nadie sabe que estamos aquí. ¿Adónde crees que irá, Rebeca? ¿Le saldrán alas y se irá volando? Lo atraparemos a menos que se quede allá arriba toda la noche.

Rebeca tuvo la incómoda sospecha de que su amiga estaba dispuesta a esperarlo no sólo toda la noche sino toda la semana, en caso necesario. En lo que a ella tocaba, ya había sido suficiente.

—Ay, vamos —dijo—. Qué aburrido esperarlo. Medio lo matamos del susto y le estropeamos la ropa, ¿no basta con eso? Si quieres, mañana puedes volverlo a intentar.

En ese momento Simón se movió. Se dieron cuenta porque cayeron pequeños trozos de cal desprendidos del reborde. Ana se puso a pensar.

—Si logramos moverlo —dijo—, a lo mejor hasta se cae. Eso estaría bien, ¿no crees?

—¡Cállate, Ana! No digas tonterías.

La cal desmoronada asustó a Simón, pero se sobrepuso. El reborde, o camino, estaba lleno de tramos peligrosos donde la cal estaba suelta, pero sabía que podía evitarlos. Si rodeaba la superficie de cal llegaría a caminos más amplios que finalmente llegaban a lugares de donde era más seguro descender. También llegaría a lugares donde podría esperar hasta que las niñas se fueran.

Cuando dio los primeros pasos, tenía la boca seca. El camino era de apenas medio metro de ancho, y había salientes de cal a la altura de sus hombros que lo obligaban a agacharse. Después de un minuto, miró hacia abajo y vio los techos en ruinas de las construcciones de la mina y los caminos atiborrados que los comunicaban, pero ya no podía ver a las niñas. Se detuvo con la esperanza de escucharlas. Oyó el viento, algo de tráfico a la distancia, el chillido de las grullas.

Me pregunto cómo me veré de lejos, pensó Simón. Se imaginó la superficie de cal, como un enorme muro blanco tallado en la colina. Parecería un punto negro trepando por él. Una mosca sobre un enorme budín blanco.

Empezó a sentirse mejor. Un poco más adelante, el camino se bifurcaba: una rama seguía horizontalmente y la otra doblaba hacia arriba. El sendero ascendente era más amplio, parecía más seguro. Tomaría este camino. Escuchó un ruido metálico abajo, como si las niñas hubieran volteado un tambo de aceite y se preguntó si se habrían dado por vencidas. Pero aún no las vislumbraba. Procuremos que así sea, eh, se dijo a sí mismo. Que piensen que he desaparecido en la nada...

Abajo, Ana estaba juntando cosas que aventar, incomodando terriblemente a Rebeca. Había visto unos pedazos de hierro que le serían útiles —grandes como un puño, residuos de alguna vieja soldadura, a juzgar por su aspecto—, y había quitado unas láminas de hojalata para tenerlas a mano. También había algunas lajas filosas que señaló a su amiga.

—Vamos —le dijo a Rebeca—. No te quedes ahí parada. En un minuto volverá a aparecer y le vamos a dar. ¿O tienes miedo?

Sí tenía. Estaba horrorizada.

—No —respondió.

La señora Mason estaba harta de tonterías. Cuando la señora Royle empezó a hacer acusaciones, simplemente empezó a gritar.

—¿Dónde está? ¿Mi pequeño? ¡No me importa quién hizo qué, sólo quiero saber que está a salvo!

La señora Royle parecía incómoda, pero la señora Stacey comprendió. Se puso muy enérgica y práctica.

—Tiene razón —dijo—. Señora Royle, señora Tanner, por favor, ya discutiremos más tarde lo que haya que discutir. Louise, ¿tienes alguna idea de dónde pueden haberse ido estos niños? ¿Alguien sabe?

Nadie lo sabía. Era un grupo extraño: todos se sentían avergonzados, nadie quería verse a la cara.

—¿David? —dijo Louise.

La señora Royle se puso roja.

—No veo por qué... pero…

Brian la interrumpió.

—Lloró —dijo—. ¿No es así, David? Te pusiste a llorar cuando te detuve. ¿Por qué?

Antes de que su madre pudiera volver a intervenir, David lloraba a mares. Lo que decía era más bien incoherente, pero la palabra "mina" podía distinguirse. No una sino tres veces.

—¿Simón juega en la mina? —preguntó la señora Stacey—. ¿Estás seguro, querido? Estoy segura de que ninguno de mis niños...

Se parece a la señora Royle, pensó Louise. Está segura de que ninguno de sus hijos son buscapleitos. ¡No mucho!

—¿Has ido allí? —preguntó Louise—. ¿David? ¿Has ido allí? ¿Y Ana?

Lloró más fuerte. No, insistió, nunca. Pero ayer, mientras ellas esperaban... Simón Mason... Pensó que quizás...

—¡Ya basta! —gritó la señora Royle—. ¡Está muy alterado! David, cariño, no digas más.

—¡Tenemos que ir! —propuso la señora Mason—. ¡Ahora!

—Voy a llamar una ambulancia. Por si acaso —agregó el señor Kershaw en voz baja.

—¡No! —exclamó la señora Tanner—. ¡No!

Pero Brian ya iba camino del edificio de la escuela. Los demás, con David tratando de zafarse de la mano de su madre, se dirigieron hacia la reja. Pronto, la señora Mason ya estaba en la calle: corría más que caminar. Louise trataba de alcanzarla.

—¡Mi auto! —gritó la señora Royle—. ¡Podemos ir en mi auto! ¡David! Métete al auto, no debes ver, en caso de que haya...

—¡Cállese! —gritó la madre de Simón Mason.

Trepó unos doscientos metros antes de que volvieran a verlo. En el sendero, más amplio, el trayecto había sido más sencillo y Simón no había tenido necesidad de pegarse a la cal. En cierto punto, encontró un buen agujero donde se hubiera podido esconder de haberlo deseado. De hecho, se tendió al sol un par de minutos y estuvo muy cómodo, resguardado del viento. Pero la preocupación lo obligó a continuar. No podía quedarse allá arriba toda la tarde y quería acercarse al lugar por donde podía bajar. Deseaba en el alma que las niñas se dieran por vencidas y se fueran pronto.

Había pasado un tramo muy malo, donde la superficie del camino estaba suelta y era quebradiza. Al pisarla, los terrones de cal se desintegraron y resbaló con el polvo suelto. La orilla del camino era quebradiza, inestable, peligrosa. Y después el vacío: la caída era inmensa, más alta que una casa.

Pasado este tramo, Simón se relajó un poco. Otros cien metros y llegaría a una zona de caminos que conocía bastante bien, aunque faltaban algunos tramos malos. Daba algunos pasos y se detenía, a veces se acostaba y se arrastraba hasta el borde para ver más allá de los mechones de pasto tieso. Podía ver movimiento entre los viejos edificios, sombras y arbustos que se mecían, pero no veía a las niñas. Se atrevió a suponer que se hubieran ido.

Pero no era así. Lo habían perdido de vista durante varios minutos, pero a Ana apenas le importaba. Había juntado pedazos de metal, había hecho que Rebeca agarrara las lajas, y había organizado el acarreo al otro lado del terreno de la mina. Rebeca —accidental o intencionalmente— había tirado su parte varias veces, pero Ana sólo se había burlado de ella. Se sentía bien, muy emocionada, y por todas partes había cosas para aventar, por mucho que Rebeca deseara que no fuera así. Cuando consideró que habían recorrido lo suficiente a lo largo de la superficie de cal, se asomó desde un muro en ruinas.

—¡Allí está! —exclamó—. Mira, allá arriba, es un blanco fácil. Anda a tientas como un viejo ciego. Ven... ¡vamos a ejecutarlo!

Corrió gritando victoriosa. Simón la escuchó, se paralizó, y volteó la cabeza para ver el terreno de la mina. Tenía las manos extendidas frente a él, un pie en alto, sin apoyarlo todavía en el suelo. Estaba en un tramo peligroso, el último tramo peligroso del camino, y se había desplazado con una lentitud infinita, mordiéndose la lengua, concentrado.

La oyó, la vio y se sintió enfermo. Se acercaba rápido; Rebeca la seguía mucho más despacio. Cuando estuvo cerca, Ana escogió un trozo de acero filoso y echó el brazo hacia atrás, en posición de lanzamiento.

—¡No! —le gritó—. ¡No la avientes!

Vio el trozo de metal oxidado volar por los aires, girando bajo el sol. Pegó en el peñasco, debajo de él, a más de un metro. Rechinó de miedo, y Ana corrió para acercarse más.

—¡Tira, Rebeca! —gritó, volteando a sus espaldas—. ¡Dale a ese sapo!

Cuando el siguiente trozo llegó volando, Simón se retrajo para esquivarlo. Aun así, falló apenas por unos centímetros, menos de una brazada. Pegó en la roca frente a él, levantado una nube de polvo y tierra. Ya no podía gritar. El temor lo sofocaba.

Ana estaba cerca. Podía ver el interior de su boca cuando gritaba. Vio que se tensaban los músculos de su brazo desnudo. Saltó hacia adelante, tratando de anticipar el tiro. Cambió de idea y dio un salto atrás, por donde había venido. Giró rápidamente en el camino angosto, se volvió para huir. Sintió que la cal bajo sus pies cedía, escuchó las piedras que caían, escuchó su propio grito. Tuvo la im-

presión de que el rostro de Ana también se convertía en un grito. Le vino la visión de una avalancha que había visto en una película; se fue de lado y cayó, en medio de una masa de trozos de piedra caliza que se deslizaban hacia abajo.

Rebeca, a diez metros, vio que Simón resbalaba por el muro de cal a una velocidad vertiginosa; cualquier sonido que pudiera emitir quedó ahogado por el tremendo rugido. Vio a Ana que, ante la avalancha, saltó hacia atrás como un resorte. Una nube de polvo blanco se levantó del sitio donde cayó Simón y se desplegó sobre ella como en cámara lenta. Cuando Rebeca llegó a su lado, tenía el pelo lleno de cal; parecía un payaso.

Sin embargo nadie reía. ◆

Capítulo 16

◆ POR UNOS momentos, mientras el polvo empezaba a asentarse, se hizo el silencio en el terreno de la mina. Ana miraba fijamente a Rebeca con el rostro blanco del susto. Rebeca miraba lo que estaba atrás de su amiga, el montón de tierra y piedra que marcaba la base de la superficie de cal. Si Simón estaba vivo, no hacía ningún ruido. Si estaba malherido, no había ningún grito ni quejido.

—Rebeca —dijo Ana en voz baja—. Tenemos que huir.

—¡No! —gritó Rebeca. Las dos se sobresaltaron por la fuerza de su grito—. ¡Puede estar herido!

Ana no discutió, era como si no se le hubiera ocurrido esa posibilidad. Se volvió para ver, y luego las dos niñas empezaron a caminar hacia el peñasco. Ya lo percibían, tirado como un juguete roto, con los brazos y piernas en ángulos espantosos. Estaba cubierto por una gruesa capa de polvo, todo en él era blanco. Era horrible, como si fuera alguna especie de fantasma.

De la garganta de Ana salió un ruido parecido a un sollozo.

—¡No lo toquen!

El grito fue tan completamente inesperado que las dos niñas saltaron. Voltearon para atrás al instante y vieron gente correr. La señorita Shaw, otra mujer, y sus madres. Hasta atrás, pero acercándose muy aprisa, el inconfundible conjunto deportivo azul del señor Kershaw.

Las niñas estaban cerca, habían estado a punto de agacharse a ver a Simón. Bajo su máscara blanca se entreveían moretones y sangre. Tenía los ojos cerrados. Se quedaron rígidas, tiesas y nerviosas. Ana se dio cuenta de que tenía, por lo menos, un brazo roto. Sintió náuseas.

La mujer que debía ser la madre de Simón llegó hasta él medio paso antes que la señorita Shaw; Ana nunca había visto nada remotamente parecido a la expresión de dolor y terror de su rostro. Ella misma sintió una emoción que no sabía si era culpa o vergüenza pero la inundó demasiado rápido para poder pensar con coherencia. Se tambaleó retrocediendo, apartándose de Simón y del rostro de su madre, pero no de la mirada de Rebeca. Se miraron fijamente un momento; tenían la piel tan pálida que casi era transparente. Al fin comprendían lo que habían hecho.

—¡No lo mueva! —dijo Louise con apremio. Esta vez se dirigía a la señora Mason, tomándola gentilmente, sujetándola—. Ni siquiera le quite nada de encima. La ambulancia no tarda en llegar. Debe dejarlo en manos expertas, por si se lastimó la columna.

La señora Mason empezó a llorar al mismo tiempo que llegaba Brian. El señor Kershaw miró a las niñas con curiosidad y después se arrodilló junto al muchacho inconsciente. Las señoras Royle y Tanner, que se sentían extrañamente incómodas en compañía de la señora Stacey, estaban paradas junto a un cobertizo, sin acercarse. Pero obviamente querían hablar con sus hijas. Finalmente, la señora Royle les hizo una seña urgente con la mano.

—La ambulancia viene en camino —dijo el señor Kershaw—. Pronto estará bien, señora Mason. Estará en manos expertas.

La señora Royle volvió a gesticular, esta vez enojada. Ana y Rebeca se acercaron a las mujeres. Ana observó a su hermano, escondido tras uno de los edificios de la mina, y adivinó que le habían prohibido acercarse. A la distancia escuchó la sirena de una ambulancia.

—¡Ya viene! —gritó Rebeca—. ¡Oigo una ambulancia!

—Ana —dijo su madre—. ¿Me quieres explicar qué ocurrió?

Ana abrió la boca para mentir, pero no salía nada.

—¿Se cayó? —preguntó la señora Tanner, sin sentido—. ¿Lo iban a ayudar?

Había muchas miradas sobre ellas. Las veían sus madres, la directora y hasta David. Louise y Brian se habían vuelto a mirarlas. La señora Mason fue la única que no hizo caso. La sirena de la ambulancia se escuchaba cada vez más cerca, avanzaba muy aprisa.

—Sí —dijo Ana—. Estábamos...

—Lo estábamos persiguiendo —intervino Rebeca—. Ana le aventó unos pedazos de fierro.

Hubo un silencio asfixiante. Después se oyó el chirriar de los frenos y el sonido metálico de la reja de la mina. La sirena calló.

—¿Es cierto? —preguntó la señora Royle.

—Sí —dijo Ana—. Lo siento, mamá. Es cierto.

Tal vez los adultos fueron los más confundidos. Las señoras Stacey, Royle y Tanner. Louise y Brian tampoco entendían algunas partes pero pensaron que no les sería muy difícil irlas descifrando. La madre de Simón creyó entenderlo todo a la perfección, pero había cosas que le costaba expresar en palabras. A Simón lo habían molestado tres niños crueles y perversos... pero por otro lado, de algún modo era como si él se lo buscara. Éste era su temor más profundo, más secreto.

A la directora fue a quien más trabajo le costó aceptar los hechos. No obstante las confesiones de las niñas después de que se llevaron a Simón al hospital, en la mina insistió en que no había por qué apresurarse. Pidió a las señoras Royle y Tanner que se llevaran a los niños a casa para "alejarlos de esta escena mortificante" (y alejarlos lo más posible, de hecho, de más preguntas embarazosas). Naturalmente, la señora Mason se fue en la ambulancia.

—Jamás lo hubiera creído —dijo la señora Stacey cuando los maestros caminaban de regreso al colegio—. Estoy segura de que debe haber una explicación sencilla, ¿no crees, Louise?

—No lo sé —dijo Louise—. Creo que más valdrá esperar a ver qué sucede, ¿no le parece? Dudo que sepamos la verdad de inmediato.

—Dudo que lleguemos a saber la verdad en absoluto —señaló Brian—. Pero por el momento ni siquiera sabemos si está grave.

La señora Stacey estaba segura de que no sería el caso. Lo dijo con una esperanza patética; por fortuna tenía razón. Simón se rompió un brazo y un tobillo, y tenía cortadas, moretones y raspones. Sin ese peso encima, la directora pudo pensar en las implicaciones que esto tendría para la escuela. Al principio, Louise no tuvo más remedio que ser su aliada.

—Desde luego que debemos acabar con esto —dijo la señora Stacey cuando hablaron—. Los chicos Royle y Rebeca son un magnífico ejemplo en realidad, porque viniendo de ellos fue algo inesperado. Digo, por lo regular los buscapleitos son otro... tipo de niños. Quizás lo discuta en la asamblea. ¿Tú qué opinas?

No obstante las tonterías sobre qué "tipo" de niños eran los buscapleitos, a Louise le sorprendió agradablemente que la señora Stacey estuviera dispuesta a abordar el problema. Temió que hubiera tratado de ocultarlo.

—Buena idea —respondió—. Pero tenga cuidado con lo que dice, el padre de Ana es abogado. No sea que nos vayan a demandar.

Lo decía de broma, pero la señora Stacey se asustó bastante. Y más tarde llamó a Louise para decirle que había recibido una llamada de la señora Royle. Sus hijos, le dijo, estaban muy alterados por este asunto y no asistirían a clases por algunos días; Rebeca tampoco.

—Es bastante prudente —respondió Louise. Advirtió la expresión de la señora Stacey—. ¿Qué, hay algo más?

—Así es. Dijo que ya escuchó los pormenores, y que está muy preocupada. Dijo que Simón Mason los había provocado en numerosas ocasiones, que había manchado su nombre calumniándolos, y que había amenazado a David con un arma de artes marciales. Dijo que ella y su marido no estaban para nada convencidos de que los niños tuvieran algo que confesar.

—¡Ni siquiera apedrear a un niño indefenso! —dijo Louise, acalorada—. ¡Ni siquiera tirarlo de un precipicio! Pues qué maravilla, ¿no? Es maravilloso.

La señora Stacey no hizo caso del sarcasmo. Sus ojos adquirieron una expresión suspicaz.

—Armas, Louise. ¿Sabes algo sobre un arma?

Louise recordó el kubutan, pero lo descartó. Hasta Brian había reconocido que era una tontería.

—No —respondió—, no sé. Lo que sí sé es que sospechaba que esos niños estaban aterrorizando a Simón, y también que oí a Ana y

Rebeca admitirlo. ¡Pregúnteles a los señores Royle si creen que un tobillo roto no es nada digno de confesar!

—No te sulfures, querida —dijo la señora Stacey con voz suave—. Lo que buscamos es la verdad y no... Bueno, procuremos evitar las reacciones emocionales, ¿quieres? La triste verdad es que Simón no es un niño muy confiable, ¿no es cierto? Su propia madre admite que es un mentiroso.

—Pero en este caso es clarísimo que fue la víctima —afirmó Louise—. En este caso no cabe la menor duda.

La señora Stacey la miró fijamente a los ojos.

—La vida no suele ser tan simple, querida —dijo—. Por lo general, es mucho más compleja.

De modo que no pasó nada. Los Royle y los Tanner le comunicaron a la señora Stacey que aceptaban tener quizá parte de la culpa, pero que también era culpa del chico Mason, y que no les interesaba particularmente que lo castigaran. Señalaron que habían llamado a la señora Mason para sugerirle una visita al hospital con algún regalito, pero que los había rechazado de manera más bien grosera. Dijeron que, en todo caso, faltaba tan poco para que terminara el año escolar que Ana, David y Rebeca no volverían a la escuela los días de clases restantes, aunque era "casi seguro" que volvieran después de las vacaciones.

Después de pensarlo muy detenidamente, la señora Stacey les respondió en una carta que estaba segura de que un "pequeño incidente" se había exagerado desmedidamente.

Por supuesto, Louise Shaw jamás vio estas cartas, y en la asamblea, la señora Stacey habló brevemente y en términos muy generales sobre "el accidente del que habrán escuchado", que podía haber tenido ciertos elementos de abuso "por ambas partes" y que debía servirles a todos de lección, entre otras cosas, sobre los peligros de la mina abandonada. Los niños se sintieron defraudados por la falta de sangre, Brian se puso furioso por la hipocresía de la directora y Louise se sorprendió al notar que le era más bien indiferente.

—¿Qué esperabas? —le preguntó ella esa tarde en el bar—. Decidió que era demasiado complicado para resolverlo. Hizo su mejor esfuerzo.

—Si ése fue el mejor, Dios nos libre del peor —resopló Brian.

—¿Tú qué hubieras hecho? —preguntó Louise—. ¿Expulsarlos? ¿Para que pudieran ir a abusar de los debiluchos a otra escuela? ¿Expulsar a Simón para que lo siguieran maltratando sin tener que preocuparte por él? ¿Ponerles a todos cien lagartijas cada mañana, de castigo? La verdad es que es un círculo vicioso. Simón es el tipo de chico que va a atraer buscapleitos dondequiera que vaya, pero nos resulta más cómodo negarlo. Es como tu ganso deforme, ¿te acuerdas?

—Me acuerdo muy bien. Recuerdo que lo negaste rotundamente. Te enojaste conmigo hasta por haberlo pensado.

Asintió.

—Lo sé. Me rindo, lo reconozco. Lo que me horroriza es que nosotros somos iguales. Los niños aprenden sus actitudes viéndonos a nosotros. ¿A cuál de los maestros le importa el bobo de Simón? ¿A quién de nosotros nos agrada, en realidad?

—El bobo de Simón. Si yo lo llamara así me matarías.

—Exacto. Estoy siendo honesta. ¿Cómo podemos culpar a los niños por abusivos si nosotros somos iguales? Es terrible, Brian, me odio a mí misma nada más de pensarlo.

Hubo una larga pausa. Brindaron con los vasos, pero no bebieron. Luego Brian dijo:

—Entonces, ¿cuál es la respuesta? Sólo soy un humilde maestro de educación física, pero hasta yo sé que no podemos torcerles el pescuezo. ¿Hay alguna respuesta?

Louise sonrió un momento de su pequeño chiste amargo.

—No lo sé —dijo—. Ciertamente, estar siempre alerta, ¿pero más que eso...? ¿Tratar de hacer que todos reconozcan que hasta los niños como Simón son valiosos? ¿Tratar de reconocerlo nosotros mismos? Todos tenemos prejuicios, Brian. La señora Stacey tiene prejuicios contra una camisa sucia. Quizá debamos examinar nuestros prejuicios tal y como son. ¿Sigues despierto?

—Sí —contestó riéndose—. Pero a punto de dormirme. Estoy bromeando. —Volvió a reír, esperanzado—. Todo este asunto me da dolor de cabeza. ¿Qué te parece si vamos al cine? ¿Podríamos ir más tarde? ¿Tú y yo?

—Está bien —dijo Louise Shaw.

Varios días después, Ana y Rebeca volvieron a la mina, por capricho, sin David. Aun desde la calle de acceso podían ver que algo había cambiado. Los letreros resplandecían con pintura fresca.

"No entrar", decían, en letras negras. Y en rojo brillante: "Peligro extremo". Ana agarró una de las rejas y la sacudió.

—Hicieron un buen trabajo, ¿no crees? Pusieron malla nueva en todos los agujeros. Me pregunto si también habrán cubierto las cercas.

Escudriñaron el entorno antes de decidirse a entrar. Todos los demás niños estaban en la escuela y no había adultos a la vista. Rebeca había buscado los puntos débiles.

—No tiene caso —consideró—. En verdad hicieron un "estupendo trabajo". ¡Te apuesto a que nos llevaría diez minutos!

—¡Dos! —dijo Ana—. ¡Vamos, a ver quién llega primero!

Les tomó cinco y llegaron casi empatadas.

Después de cerciorarse de nuevo que estaban completamente solas, se encaminaron hasta el montón de cal y cascajo al pie del peñasco, donde Simón había caído. No había señales, ni sangre ni nada.

—¿Qué piensas? —preguntó Rebeca después de un momento.

—¿De qué?

—Ya sabes. De lo que hicimos.

Hubo una pausa más larga. Era un día cálido y soleado, y las grullas chillaban en lo alto, muy por encima de sus cabezas.

—Salimos bastante bien libradas —dijo Ana, al final—. ¿No crees?

Simón se aburrió en el hospital bastante pronto y ansiaba volver al colegio. Siendo joven, sus heridas sanaron rápido, y pronto olvidó la avalancha y su temor de que lo molestaran en el Saint Michael. Tenía planeado aprovechar la simpatía de la señorita Shaw para que lo volviera a nombrar encargado de las mascotas. Supuso que comprarían otro gerbo, si les rogaba lo suficiente.

La señora Mason tenía pesadillas relacionadas con la mina, y pensamientos vengativos y amargos sobre los chicos Royle y Rebeca, y sus familias. Simón no.

En realidad, lo único que lamentaba era no tener ningún amigo que viniera a firmar su pierna enyesada. Pero había firmas de las enfermeras, de algunos maestros y de su mamá.

En los espacios en blanco firmó "Diggory" muchas, muchas veces. Eso le gustaba. ◆

Índice

El buscapleitos de Jan Needle, núm. 132 de la colección
A la orilla del viento, se terminó de imprimir en los talleres
de Impresora y Encuadernadora Progreso, S.A. de C.V. (IEPSA),
Calzada de San Lorenzo núm. 244; 09830, México, D. F.
durante el mes de abril del 2000. En su elaboración
participaron Diana Luz Sánchez, edición,
y Pedro Santiago Cruz, diseño.
Tiraje: 5000 ejemplares.

Encantacornio

de Berlie Doherty
ilustraciones de Luis Fernando Enríquez

Y de pronto el mundo se iluminó para Laura. Vio el cielo lleno de estrellas. Vio a la criatura, con el pelo blanco plateado y un cuerno nácar entre sus ojos azul cielo. Y vio a los peludos hombres bestia que sonreían desde las sombras.

—¡Móntalo! —le dijo la anciana mujer bestia a Laura—. Encantacornio te necesita, Genteniña.

El unicornio saltó la barda del jardín con la anciana y con Laura sobre el lomo. La colina quedó serena y dormida: Laura, los salvajes y el unicornio se habían ido.

Berlie Doherty es una autora inglesa muy reconocida. En la actualidad reside en Sheffield, Inglaterra.

para los grandes lectores

Una sarta de mentiras

de Geraldine McCaughrean
ilustraciones de Antonio Helguera

—Mamá, lee esto —dijo Ailsa extendiéndole el libro abierto; luego comenzó a caminar por la tienda, al ritmo de los latidos de su corazón. No podía ser. Él existía. Lo había tocado. Tenía que existir. La vida de otras personas había cambiado a causa de él. Hizo un esfuerzo para recordar los diferentes clientes a quienes Era C. había atendido. ¿Dónde estarían? ¿A dónde se habrían ido? ¿A quién acudir y pedirle prueba de su existencia?

Geraldine McCaughrean es una autora inglesa muy reconocida; en 1987 recibió el Premio Whitbread en novela para niños. En la actualidad reside en Inglaterra.